U0536293

湖畔诗文丛刊

剑翁集

张生兴 著

中国书籍出版社
China Book Press

图书在版编目（CIP）数据

剑翁集/张生兴著．—北京：中国书籍出版社，2020.3

ISBN 978-7-5068-7820-3

Ⅰ.①剑… Ⅱ.①张… Ⅲ.①诗词—作品集—中国—当代 Ⅳ.①I227

中国版本图书馆 CIP 数据核字（2020）第 030889 号

剑翁集

张生兴 著

责任编辑	陈永娟 刘 娜
责任印制	孙马飞 马 芝
封面设计	中联华文
出版发行	中国书籍出版社
地　　址	北京市丰台区三路居路 97 号（邮编：100073）
电　　话	（010）52257143（总编室）　（010）52257140（发行部）
电子邮箱	eo@chinabp.com.cn
经　　销	全国新华书店
印　　刷	三河市华东印刷有限公司
开　　本	710 毫米×1000 毫米　1/16
字　　数	252 千字
印　　张	17.5
版　　次	2020 年 3 月第 1 版　2020 年 3 月第 1 次印刷
书　　号	ISBN 978-7-5068-7820-3
定　　价	95.00 元

版权所有　翻印必究

自 序

本诗词集选自历年创作的旧体诗词。其中有的在中央及省地报刊和出版物上发表过，有的在地方内部刊物上作过交流。

早在中学和大学时候，我就对中国旧体诗词产生了浓厚兴趣，并背诵了不少唐诗宋词名篇，也曾尝试写了一些诗词。大学毕业后分到了西南大三线的军工单位工作。那里山深地僻，几乎与世隔绝。但是，参加三线建设的人们却无私地奉献自己的青春，书写出一篇篇动人的故事。作为这火热时代的亲历者，谁不为之动容和自豪。在紧张的工作之余，我情不自禁地拿起笔，记录当时的感动，抒发自己的感慨。虽然写的一些诗词不一定符合格律要求，但却是发自内心的吟唱。后来，改革开放了，我无意间得到了王力先生写的《诗词格律》和王国维先生写的《人间词话》等介绍诗词知识及诗词赏析方面的书籍，真是久旱逢甘霖，雪中遇送炭。我如饥似渴地研读，从而比较系统地了解了旧体诗词的基本知识和写作技巧。回头用这些知识去检验以前写的作品，疵病一个个地就显露出来了。就这样在实践—理论—再实践的反复锤炼中，水平逐步提高，虽不敢说"始有金丹换骨时"的感觉，但写作总算得心应手了，思想和艺术境界不觉登上新的台阶。

诗词是诗人感物吟志、以情而造文的载体，是抒情言志最为凝练的语言艺术。要成为一个合格的诗人，却是一件不容易的事情。但是，世上无难事，只怕有心人，只要热爱它，孜孜不倦地学习，刻苦钻研，反复实践和总结，愿望总是可以实现的。

要成为合格的诗人，根据前人的经验和自己的体会，我认为主要的是要具备两种功夫，即诗外功夫和诗内功夫。

诗外功夫。首先要学会做人。要树立正确的世界观和人生观，要有正确的价值观，高尚的道德操守，远大的理想。要有辨别是非的能力，做到爱憎分明。其次要深入生活。生活是创作的唯一源泉，诗人要热情投入到当代的生活中去，肩负起时代使命和历史责任。要在社会实践和生活体验中提高自己的洞察力和透视力，发现和理解人民的喜怒哀乐，歌颂真善美，鞭笞假恶丑。再则要有丰富的知识，或是说要读万卷书，行万里路。读万卷书，是指不但要学习广博的中华传统文化知识，还要学习哲学政治地理历史及一些现代科技知识等，从而扩大自己的视野。清代沈德潜曾说过："有第一等襟抱，第一等学识，斯有第一真诗。"行万里路可以丰富自己的阅历，增长自己的实践经验。

诗内功夫。首先要掌握古典诗词的基本知识、表现手法、艺术技巧等诸多方面的知识。如押韵规则、平仄格式、对仗要求；诗词的句式章法、语法特点、修辞手段等；诗词创作的基本步骤，如标题立意、意象塑造、谋篇布局、遣词造句等。还要懂得诗词优劣的主要评价标准，如意境、性情、韵味、语言等，其中最为重要的是情味的有无，境界的高低。情味的有无和深浅是诗词优劣的第一条件。境界是诗词形式美和内在美的完美统一，是衡量诗词优劣的最高标准。王国维先生说："能写真景物，真感情者，谓之有境界。"境界是深藏在诗词中的诗人的精神境界，反映诗人的价值取向，体现诗人内心的真善美。其次要熟读一些古人的诗词并背诵其中的名篇，从中悟出名家的写作技巧及各种表现手法等，还要研读大师的诗论和诗词赏析文章等。再则要学习群众的生动语言，多与诗友交流。以古人和群众为师，将起到事半功倍的效果。最后要不断创新求变，从格律束缚中走出来，在学习模仿前人精品的基础上，逐步形成自己的独特风格。

诗外功夫和诗内功夫就是诗人的全部学养，是诗人的综合素质，体现了诗人的人生境界。只有诗人的综合素质提高了，才能在诗词的艺术天地里自由驰骋，创作出无愧于时代和人民的好作品来。

要具备两种功夫，说难也不难。说难是说功夫不能一蹴而就，需要长期刻苦磨炼。功夫体现在作品上，要写出好的作品是不容易的，一生能写出一二篇有创意的、能让人记住的佳作就更难。这里不光要有诗词修养，还要有写诗词的才华和天赋，要有灵感的捕捉能力和敢于创新的能力等。说不难是说只要功夫深，铁杵磨成针。只要有恒心，有为新时代讴歌、为正能量点赞的激情，有对人民和对湖海山川的无限热爱，人人都可以写出一些合格的作品来。或山水寄情，或人生浅唱；或讴歌时代，或针砭时弊。既陶冶了情操，也为继承和弘扬中华文化添了砖加了瓦，这不也是人生的一大快乐的事情吗？

本诗词集时间跨度数十年，是自己人生的记录，反映了内心的喜怨哀乐。因时间仓促，才疏学浅，定有许多错误和不当之处，望读者指正。

2019 年 10 月

目 录
CONTENTS

第一篇 乡恋亲情 1

别故乡 3
在京除夕寄母亲 3
在京送同乡学兄叶毓鹏赴太原任教 3
收到陈香彩和周莲英同学寄款补咏 3
京城遇中学好友易春林等 4
访母校 4
贺母亲七十寿辰 4
谢母亲到乐安帮忙 5
辞行 5
除夕思亲 5
在周莲英南昌家做客 5
德兴花桥遇园珠同学 6
故乡观音桥 6
母亲八十寿庆 6
信江漫步 7
在北外同乡刘永信家做客 7
茅家岭 7
信江瞭望 8

信江书院 ·· 8

哭兄 ·· 8

在母亲病床前（二首）······································ 9

同姐夫与姐姐逛虎丘庙会 ···································· 9

乡情 ·· 9

回乡感赋 ·· 10

怀念哥哥和姐夫 ·· 10

归乡望西山古寺 ·· 10

观音桥祥德寺（二首）······································ 10

在父亲墓前 ·· 11

在母亲墓前 ·· 11

回乡偶书（五首）·· 11

探望童年朋友 ·· 12

师生情 ·· 12

母校情 ·· 12

广丰米粉 ·· 13

喜遇四十五年前老友 ······································ 13

农民企业家 ·· 13

话说观音桥（七首）·· 14

忆童年（卅首）·· 15

记怀西山观（中学十五首）·································· 19

再游祥德寺（二首）·· 22

三春晖 ·· 22

广丰杂咏（十四首）·· 22

回乡感怀（二首）·· 24

冬日（二首）·· 24

外甥陪游创业文化园有思 ·································· 25

广丰道中	25
故乡夜宿	25
告别广中	26
京城寒假	26
故乡行	26
哭母亲	27
回母校广中	27
祥德寺感怀	27
与外甥侄子登永和塔	28
广丰月兔广场	28
题丰溪诗友	28
广丰天桂岩	29
高中同学聚会	29
外甥陪登广丰屏风山	30
丰溪漫步	30
清明祭父母	30
故乡秋兴	31
家园	31
高中同学会抒怀	31
众同学游广丰中洲公园	32
与叶毓山及周人胜同游十都	32
游广丰六石岩	32
忆江南·故土	33
蝶恋花·乡情	33
虞美人·上饶信江桥头	33
一剪梅·回故乡	34
浣溪沙·随外甥重游广丰县城	34

摊破浣溪沙·寻儿梦	34
西江月·乡缘	35
采桑子·赠乡里同辈	35
忆江南·广丰（十首）	35
唐多令·归故乡	36
临江仙·忆童年	36
唐多令·乡恋	37
秋波媚·秋雨	37
诉衷情·乡愁	37
渔家傲·家姐寿庆	38

第二篇　三线情怀　39

喜泣大学毕业分配	41
华蓥道上	41
初在猴儿沟	41
到华光探望同学	41
旅途偶感	42
上饶送别	42
三线夜	42
单工戏作	42
三线建设有感	43
参加新战机某新品试飞赋（五首）	43
住院沉思	44
三线随笔（六首）	44
冬夜攻坚	45
迎春	45
在乐安过年	46

华蓥铸剑 …… 46

战五月 …… 46

秋夜寄内 …… 47

万里盼喜 …… 47

到乐安探妻儿 …… 47

陪赵家槐老书记到雅安三线厂 …… 47

华蓥七夕 …… 48

襄渝铁路通车 …… 48

三线曲（二首） …… 48

渝梅赞 …… 49

春荒绿市赶场 …… 49

喜迎秀英来川侍月 …… 49

华蓥夏夜 …… 50

春来偶思 …… 50

盼雨 …… 50

戏题晨战 …… 50

赞筒子楼 …… 51

广安县府观花 …… 51

自嘲 …… 51

科研所里（二首） …… 52

攻坚师傅 …… 52

题五项试验室 …… 52

废品展览 …… 53

广安渡口 …… 53

送妻赴南温泉疗养留言（二首） …… 53

家中乐 …… 54

广安春歌 …… 54

携儿女到南温泉探妻（三首） …… 54
晨练 …… 55
外语 …… 55
登山偶思 …… 55
某军品获奖有感 …… 55
喜购电风扇 …… 56
与小儿玩飞盘 …… 56
听幼女唱歌 …… 56
夏夜 …… 57
中秋夜 …… 57
题老九 …… 57
秋日有思 …… 57
咏华鎣工农区 …… 58
开心果 …… 58
在渝学习考察有感 …… 58
别四川 …… 59
乘江轮回乡 …… 59
大茅山竹颂 …… 59
闭塞大茅山 …… 59
大茅山偶思 …… 60
大茅山随笔（二首） …… 60
山中秋夕 …… 60
上饶送别浩章夫妇 …… 61
雨中惜别同窗 …… 61
聚力调迁篇（二首） …… 61
三线调迁 …… 62
在禾喜遇尹渝梅（二首） …… 62

新生老军工	62
看电视国家记忆大三线有怀（十首）	63
在空五师看新战鹰试飞	64
三线秋夜下班抒怀	64
题四川兵工光学专委成立	65
部长华莹视察	65
某军品定型有感	65
三线年终	66
三线夏夜	66
重回首	66
题红光村微信群	67
看三线旧址照片抒怀	67
贺华东光电五十年	67
如梦令·初到三线	68
谢池春·中秋	68
浪淘沙·秋日	68
浣溪沙·朝天门码头	69
忆江南·山中秋夕	69
忆江南·春在山村	69
卜算子·奉献	69
青玉案·三线抒怀	70
踏莎行·除夕	70
浪淘沙·春潮	70
生查子·除夕寄家	71
南乡子·三线周末	71
鹧鸪天·三线夏夜	71
长相思·三线军工	72

生查子·军工恋 ……………………………………… 72
虞美人·追梦 ……………………………………… 72
青玉案·三线情思 ………………………………… 73
忆江南·思三线 …………………………………… 73

第三篇　物事人生 ……………………………… 75

天安门广场狂欢夜 ………………………………… 77
金工实习有感 ……………………………………… 77
颂我国首颗原子弹试爆成功 ……………………… 77
寒假学溜冰 ………………………………………… 77
学海偶思 …………………………………………… 78
山东社教随笔（二首） …………………………… 78
无题 ………………………………………………… 78
深怀总理 …………………………………………… 79
国殇 ………………………………………………… 79
瞻毛主席遗容 ……………………………………… 79
梅园新村 …………………………………………… 79
寻春 ………………………………………………… 80
夏收图 ……………………………………………… 80
秋日 ………………………………………………… 80
暮春 ………………………………………………… 81
在沪北站送儿求学所思 …………………………… 81
秋夜 ………………………………………………… 81
告别购物证感赋 …………………………………… 81
病中吟 ……………………………………………… 82
秋菊 ………………………………………………… 82
同学情深 …………………………………………… 82

人事杂咏（二首） …………………………… 83

人事再咏（五首） …………………………… 83

逛上海书市 …………………………………… 84

桂花 …………………………………………… 84

炒股图 ………………………………………… 84

看香港回归电视直播有感 …………………… 85

慰问病困职工 ………………………………… 85

蓉城叹大学学友归隐佛门 …………………… 85

春之歌（八首） ……………………………… 85

我驻南使馆遭袭感赋 ………………………… 86

山村初夏 ……………………………………… 87

港澳回归感赋 ………………………………… 87

新千年（二首） ……………………………… 87

无题 …………………………………………… 88

有思 …………………………………………… 88

中秋望月 ……………………………………… 88

赞乒乓球活动 ………………………………… 88

斥霸权 ………………………………………… 89

战非典 ………………………………………… 89

夏夜 …………………………………………… 89

三峡工程赋 …………………………………… 90

戏题老友 ……………………………………… 90

猎人与狼 ……………………………………… 90

退休感怀（二首） …………………………… 90

天伦之乐 ……………………………………… 91

向日葵 ………………………………………… 91

赠大学新生 …………………………………… 91

咏无花果	92
赞雪梅	92
看春晚节目有思	92
七夕	92
重阳感怀（二首）	93
贺中国首颗探月卫星	93
赏梅	93
农民工（二首）	94
汶川"5.12"大地震（二首）	94
空中戏作	94
北京奥运（三首）	95
花与松	95
遇事有思	95
神七感怀	96
中秋夜	96
大学劝学篇（三首）	96
看房展	97
赠某学生	97
诗恋（四首）	97
留守村妇吟（八首）	98
缅怀方志敏	99
夕阳颂	99
除夕	99
新春图	100
社会乱象有思（二首）	100
题少年（五首）	100
观《包青天》剧感赋	101

兔年迎春	101
红歌颂	102
富春山居图合展感赋	102
春日（二首）	102
题京工浙江校友会成立	103
赞神九女航天员	103
赞蛟龙探海	103
壬辰秋日杂咏（二首）	103
赞王亚平天地授课	104
病中吟（四首）	104
猴年说猴	105
雪霁有思	105
丁酉除夕（二首）	105
茶说四绝句	106
年末喜雪（二首）	106
久雨见晴戏作	107
亲历首都国庆	107
暑假下乡	107
颂我国首颗卫星上天	108
悼朱德委员长	108
悼毛主席	108
红梅赞	109
在京瞻周总理遗物有感	109
咏竹	109
中秋望月	110
咏松	110
六十抒怀	110

秋日抒怀 …… 111
玉树之痛 …… 111
抗美援朝六十周年感赋 …… 111
有感各国办孔子学院 …… 112
辛亥百年祭 …… 112
咏菊暨贺第四届中国菊花精品展 …… 112
四季咏（四首） …… 113
读杜甫诗文偶作 …… 114
龙腾 …… 114
寻梅 …… 114
寄三沙 …… 115
七十抒怀 …… 115
早春感怀 …… 115
清明 …… 116
水危机 …… 116
秋思 …… 116
互联网杂感 …… 117
有感新丝路 …… 117
人生戏笔 …… 117
清明得梦思英烈 …… 118
冬至 …… 118
雪冻日 …… 118
春节 …… 119
闻南海仲裁闹剧即句 …… 119
题 G20 杭州峰会 …… 119
贺中秋夜天宫二号升空 …… 120
歼 20 珠海航展首秀 …… 120

迎新感怀 · 120
迎十九大 · 121
丁酉端午 · 121
朱日和阅兵感赋 · 121
漫兴 · 122
小园樱桃树 · 122
无题 · 122
马克思诞辰二百周年有怀 · 123
老农欢歌 · 123
尧年忆改革 · 123
贺省诗联学会成立三十周年 · 124
有感首个中国农民丰收节 · 124
贺港珠澳大桥通车 · 124
大雪日喜雪 · 125
嫦娥四号 · 125
戊戌除夕逢立春 · 125
春分漫吟 · 126
七十五初度 · 126
读《钱学森传》有感 · 126
庆祝建国七十周年 · 127
清平乐·首都国庆观礼 · 127
玉楼春·送别 · 127
踏莎行·上海送儿求学 · 128
江城子·在兵总干部考核组工作感赋 · 128
临江仙·元夕 · 128
蝶恋花·咏蝉 · 129
蝶恋花·有思 · 129

菩萨蛮·春思 …………………………………… 129
西江月·咏兰 …………………………………… 130
点绛唇·孤雁 …………………………………… 130
浣溪沙·菊颂 …………………………………… 130
鹊桥仙·南京城楼上 …………………………… 131
浪淘沙·应省国防工会之邀在杭聚会 ………… 131
蝶恋花·老来乐 ………………………………… 131
蝶恋花·题大学毕业生 ………………………… 132
破阵子·读《彭德怀自述》 …………………… 132
沁园春·国庆六十周年阅兵 …………………… 132
蝶恋花·赏荷 …………………………………… 133
一剪梅·重九 …………………………………… 133
秋波媚·看电视偶思 …………………………… 134
蝶恋花·汽车 …………………………………… 134
诉衷情·豪门少妇 ……………………………… 134
卜算子·李娜法网夺冠 ………………………… 135
鹧鸪天·大旱 …………………………………… 135
破阵子·天宫一号 ……………………………… 135
秋波媚·老牛自叹 ……………………………… 136
西江月·中秋 …………………………………… 136
浣溪沙·望雪 …………………………………… 136
西江月·冬至 …………………………………… 136
蝶恋花·踏青 …………………………………… 137
鹊桥仙·七夕 …………………………………… 137
更漏子·炎夏 …………………………………… 137
西江月·红叶 …………………………………… 138
临江仙·嫦娥三号 ……………………………… 138

满江红·登高望思 ················· 138

菩萨蛮·重九 ··················· 139

菩萨蛮·夜读 ··················· 139

桂枝香·过年 ··················· 139

踏莎行·春 ···················· 140

苏幕遮·村夏 ··················· 140

长相思·长征胜利八十周年感赋（三首） ······· 140

一剪梅·早春 ··················· 141

行香子·游归 ··················· 141

千秋岁·赞改革开放四十周年 ············ 142

浣溪沙·九日 ··················· 142

鹧鸪天·元夕逢雨水 ················ 142

减字木兰花·春 ·················· 143

破阵子·海军七十华诞青岛阅兵 ··········· 143

破阵子·听任正非答记者问 ············· 143

忆江南·夏日 ··················· 144

浣溪沙·咏荷 ··················· 144

渔家傲·观首都国庆盛典 ·············· 144

第四篇　山水胜迹 **145**

游故宫 ······················ 147

参观武汉中央农运所 ················ 147

寻黄鹤楼 ····················· 147

成都武侯祠感赋 ·················· 147

游杜甫草堂 ···················· 148

延安杨家岭 ···················· 148

上海外滩 ····················· 148

游华清池 ·· 149

骊山捉蒋亭 ··· 149

逛豫园 ·· 149

瞻上海一大会址 ······································ 149

游拙政园 ·· 150

望明妃故里 ··· 150

瞻八一起义纪念馆 ·································· 150

游明孝陵 ·· 151

夏日携儿游北海 ······································ 151

游福州鼓山 ··· 151

谒鉴真纪念堂 ··· 151

游北固山 ·· 152

登石钟山 ·· 152

游庐山（三首） ······································ 152

游青城山 ·· 153

咏乐山大佛 ··· 153

少林寺 ·· 153

崂山游（二首） ······································ 154

吴淞口（二首） ······································ 154

谒中山陵 ·· 154

灵隐寺 ·· 155

夜游西湖 ·· 155

清西陵 ·· 155

崇陵 ··· 155

雪中瘦西湖 ··· 156

瓜洲渡口 ·· 156

梅家坞品茶 ··· 156

福建石狮印象 ·················· 157

集美怀陈嘉庚 ·················· 157

鼓浪屿眺望 ···················· 157

登岳阳楼 ······················ 157

访任弼时故居 ·················· 158

爱晚亭眺望 ···················· 158

雪窦山张学良囚禁处有思 ········ 158

游丰镐房 ······················ 159

过山海关 ······················ 159

沈阳故宫 ······················ 159

游镜泊湖（三首）··············· 159

夏晨牡丹江 ···················· 160

题八女投江纪念碑 ·············· 160

访周恩来在津革命活动纪念馆 ···· 160

谒黄陵 ························ 161

骊山看秦兵马俑（二首）········· 161

岳飞墓前 ······················ 161

谒重庆烈士陵园 ················ 162

望赤壁 ························ 162

鬼城丰都游 ···················· 162

过巫峡 ························ 162

张飞庙 ························ 163

重游岳阳楼 ···················· 163

登蓬莱阁 ······················ 163

蓬莱吊戚公 ···················· 164

长岛海滩 ······················ 164

哀趵突泉断喷 ·················· 164

山城夜 ·· 164

黄山飞来石 ··· 165

黄山夕照 ·· 165

黄山观日出 ··· 165

黄山迎客松 ··· 166

下新安江 ·· 166

千岛湖（二首） ··· 166

威海沉思 ·· 167

旅顺日俄监狱 ·· 167

夏游西天目 ··· 167

天目石谷 ·· 167

重访少林寺 ··· 168

游龙门石窟（二首） ·· 168

白居易墓 ·· 168

洛阳牡丹 ·· 169

白马寺 ·· 169

洛阳黄河桥上叹黄河 ·· 169

华山题记 ·· 169

重游华清宫 ··· 170

过秦陵 ·· 170

法门寺 ·· 170

乾陵怀古 ·· 171

寻太湖源 ·· 171

黄果树瀑布 ··· 171

苗寨做客 ·· 171

贵阳甲秀楼 ··· 172

题武陵源（三首） ··· 172

缆车游张家界 ·· 172

再访毛主席故居 ······································ 173

漓江行 ·· 173

榕荫渡口 ·· 173

独秀峰 ·· 174

象鼻山 ·· 174

望岱岳 ·· 174

游中华世纪坛 ······································ 174

圆明园遗址公园 ··································· 175

金山寺 ·· 175

游个园 ·· 175

扬州二十四桥 ······································ 176

夫子庙前 ·· 176

登南京阅江楼 ······································ 176

金陵血泪 ·· 176

游永定土楼 ·· 177

登闽西冠豸山 ······································ 177

题世博园中国馆 ··································· 177

题上海世博会 ······································ 178

霞浦杨家溪漂流 ··································· 178

游上海世博园 ······································ 178

井冈山赋（二首） ······························· 179

游灵山戏作（二首） ··························· 179

游云台山（二首） ······························· 179

游小浪底坝区 ······································ 180

太行山赋 ·· 180

题鹳雀楼 ·· 180

19

绍兴游四首 ·· 181

西湖杂咏（四首）·· 181

徽州四首 ·· 182

访天一阁 ·· 183

东钱湖 ·· 183

日本游记（五首）·· 183

游嵊泗列岛（六首）······································ 184

西北游绝句（十二首）···································· 185

西施故里 ·· 187

诸暨五泄 ·· 187

游恭王府 ·· 187

登香山 ·· 188

景山观色 ·· 188

访韶山 ·· 188

红岩村 ·· 189

渣滓洞怀烈士 ·· 189

八路军西安办事处有感 ···································· 189

瞻延安 ·· 190

游八达岭 ·· 190

与友登大雁塔 ·· 190

过三峡 ·· 191

望鄱阳湖 ·· 191

游中岳庙 ·· 191

西湖秋行 ·· 192

登滕王阁 ·· 192

瑶琳仙境 ·· 192

游重庆北温泉 ·· 193

重访杜甫草堂	193
隆中吟	193
登蓬莱阁	194
登华山	194
张家界	194
贵州龙宫	195
漓江游	195
卢沟桥感怀	195
游太姥山	196
谒中山陵	196
游太湖西洞庭岛	196
开封府杂咏	197
宁夏漫笔	197
刘公岛望思	197
严子陵钓台	198
丽水通济堰	198
游兰亭	198
大禹陵	199
谒黄帝故里	199
白居易故里	199
采桑子·都江堰	200
临江仙·牡丹江	200
破阵子·谒黄陵	200
减字木兰花·青岛	201
踏莎行·钱王陵	201
唐多令·游张家界	201
南乡子·贵州苗寨	202

忆秦娥·西溪湿地 ·················· 202
浪淘沙·永定土楼 ·················· 202
鹧鸪天·南京 ······················ 203
江城子·访陆游纪念馆 ·············· 203
蝶恋花·西湖 ······················ 203
南乡子·和辛弃疾登京口北固亭有怀 ·· 204
鹧鸪天·缙云仙都 ·················· 204
渔家傲·嵊泗列岛观海 ·············· 204
西江月·鸣沙山月牙泉 ·············· 205

第五篇　嘉禾寄情 ·················· **207**

南湖秋韵 ························· 209
范蠡湖怀古（二首） ················ 209
访茅盾故居 ······················· 209
咏南湖 ··························· 210
揽秀园 ··························· 210
过杭州湾跨海大桥 ················· 210
城南观风筝 ······················· 210
运河三塔（二首） ·················· 211
游月河（二首） ···················· 211
梅湾街金九避难处 ················· 211
宜居城 ··························· 212
嘉兴人物八咏 ····················· 212
园丁乐（在嘉兴学院）（二首） ······· 213
桐乡菊花节感赋（二首） ············ 214
运河西施学绣塔（二首） ············ 214
守望家园篇（五首） ················ 214

忧水篇（四首）	215
红船吟（二首）	216
凤桥看桃花	216
春游凤桥石佛寺（二首）	216
游嘉兴铁哥创意园	217
"红船行，看发展"感怀	217
莫氏庄园	217
瞻嘉兴辛亥革命纪念塔（二首）	218
长虹桥赋	218
西塘杂咏（二首）	218
曝书亭	219
喜赋禾城第一温泉	219
过嘉绍大桥（二首）	219
再游南湖	220
嘉兴抗战感赋（二首）	220
嘉善览胜（四首）	220
春夜游乌镇西栅（二首）	221
红船筑梦歌（六首）	221
嘉兴杂咏（九首）	222
游秀湖	224
梅湾街赏梅	224
石臼漾湿地	224
南湖漫步	225
运河长虹桥	225
悼大侠金庸	225
戊戌看嘉禾（六首）	225
八月十八日海宁观潮	226

登烟雨楼 ………………………………………… 227
禾城端午祭 ……………………………………… 227
端午南湖观竞渡 ………………………………… 227
在陈省身铜像前 ………………………………… 228
登壕股塔 ………………………………………… 228
红船颂 …………………………………………… 228
南湖遐思 ………………………………………… 229
和浴宇除夕感怀韵 ……………………………… 229
石臼漾湿地公园 ………………………………… 229
晓步 ……………………………………………… 230
夜步 ……………………………………………… 230
野步 ……………………………………………… 230
在嘉善抗战纪念碑前 …………………………… 231
桐乡菊花咏 ……………………………………… 231
乌镇 ……………………………………………… 231
初夏游王店 ……………………………………… 232
和常成顺先生白莲韵 …………………………… 232
因故缺席迎新会寄于能会长 …………………… 232
运河落帆亭抒怀 ………………………………… 233
运河春行 ………………………………………… 233
与友游莲泗荡 …………………………………… 233
望杭州湾跨海大桥 ……………………………… 234
吴越国界桥 ……………………………………… 234
马家浜文化遗址 ………………………………… 234
石佛寺 …………………………………………… 235
三塔绿道 ………………………………………… 235
西南湖 …………………………………………… 235

游王店聚宝湾 …………………………………… 236

秦山核电基地 …………………………………… 236

胥山怀古 ………………………………………… 236

浙江八八战略吟（二首） ……………………… 237

岳王祠 …………………………………………… 237

赠徐志平老师 …………………………………… 238

贺嘉兴老年大学诗研会成立廿五周年 ………… 238

水调歌头·夜游嘉兴环城运河 ………………… 238

鹧鸪天·英雄园 ………………………………… 239

江城子·蠡湖中秋赏月 ………………………… 239

水龙吟·登烟雨楼 ……………………………… 239

浣溪沙·诗会 …………………………………… 240

鹧鸪天·次韵和浴宇兄 ………………………… 240

鹧鸪天·游南湖感治水 ………………………… 240

千秋岁·党九十五华诞瞻仰南湖红船作 ……… 241

青玉案·中国江南网船会 ……………………… 241

南歌子·和于能会长迎新茶话会 ……………… 241

唐多令·嘉兴老年大学建校三十周年 ………… 242

01
第一篇
乡恋亲情

别故乡
1963.8

离歌一曲泪湿巾,山水今天倍觉亲。
求学赴京千里路,乐忧永记故乡人。

在京除夕寄母亲
1964.2

相聚食堂辞旧年,思乡学子雁飞传。
一声岁岁平安福,莫念月明今夜圆。

在京送同乡学兄叶毓鹏赴太原任教
1964·3

与君知遇在京工,德业双辉弟敬崇。
古道骊歌风拂柳,何时再聚议专红?

收到陈香彩和周莲英同学寄款补咏
1965

雪中收炭泪潸潸,北国鸿飞不觉寒。

欲谢同窗嫌舌笨,夜深每忆总难安。

京城遇中学好友易春林等
1966.9

六载同窗两不忘,京城重聚串联忙。
清茶一碗情如海,万寿山游喜欲狂。

访母校
1968.6

入夏回乡访广中,满园野草尽楼空。
路旁偶遇恩师叹,未及交谈眼已红。

贺母亲七十寿辰
1973.2

古稀慈母笑颜开,各地亲人祝寿来。
不孝之儿身在外,泪沾鸿雁与妈陪。

谢母亲到乐安帮忙
1973. 2

牛郎织女要分离,愁看摇篮泪眼痴。
忽见慈亲远来助,知心舍母又能谁?

辞行
1974. 2

鸿雁春来报福音,一双倦鸟可同林。
临行愧疚拜哥嫂,侍奉老娘多费心。

除夕思亲
1978. 2

团圆年夜饭,独自醉三觞。
儿女惊阿爸,不知思故乡。

在周莲英南昌家做客
1982. 12

风华正茂似前天,再聚洪都不惑年。

儿女无邪相戏耍，沧桑我辈忆无眠。

德兴花桥遇园珠同学
1983.1

远看熟面忆朦胧，整夜寻思入梦中。
脱口惊呼老同学，有缘相会话西东。

故乡观音桥
1983.2

两溪交汇石桥连，四面青山一线穿。
都说小村多秀美，谁知代代暑寒天？

母亲八十寿庆
1983.2

八十仍然万事牵，母亲身健欠从前。
同堂四代天伦乐，共贺人生福寿全。

信江漫步
1984.7

忆昔江中击水游,少年壮志竞风流。
如今华发知多少,静听涛声看彩楼。

在北外同乡刘永信家做客
1985.7

京城仲夏又重逢,淡水知音暖意融。
求学常听君教诲,难忘那年避霜风。

注:"文革"中因半月板术后借宿北外刘处,承蒙照顾,感激不尽。

茅家岭
1989.8

此地山花格外多,枝枝血染耀山河。
我今默向丰碑立,两耳犹听正气歌。

信江瞭望
1989.8

信江浪涌不回头,淘尽人间多少愁。
我与青山相对坐,奇花异果醉双眸。

信江书院
1989.8

曾经高考此园中,学子征途各不同。
携友重寻灵杰地,新声古韵两相融。

注:信江书院为原上饶县中考点

哭兄
1992.5

无悔生来做马牛,悄悄归去未言留。
悲伤挥泪辞兄夜,无数童真脑际浮。

在母亲病床前（二首）
1992.10

惊悉家乡母病危，相思恨不列车飞。
床头白发瘦无语，游子归来已太迟。

二十多年铸剑痴，慈亲病痛憾鲜知。
飒风戚戚深秋夜，多想重来日日随。

同姐夫与姐姐逛虎丘庙会
1997.10

剑池斜塔尽人流，杂耍吴歌翠鸟啾。
最是姑苏鲜百味，夕阳留客醉方休。

乡情
2003.10

生在青山秀水陂，长年铸剑北南飞。
乡音一遇惊相问，是否鱼羊旧日肥。

回乡感赋
2004.2

山头更绿水悠悠,不见泥房只见楼。
耕作田间多父老,后生创业遍神州。

怀念哥哥和姐夫
2004.2

春风送我故乡回,甥侄天天左右陪。
一日三餐鱼肉酒,但悲不见两翁来。

归乡望西山古寺
2004.2

遥望西峰雾正浓,似听山寺响禅钟。
打柴常饮林泉水,是否僧尼旧日容?

观音桥祥德寺(二首)
2004.2

五十年来古寺荒,钟停禅息做粮仓。

今逢舜世多风采,佛号经声又庙堂。

几度废兴今又开,重游旧地独徘徊。
村因祥德禅名远,庙借贤民香客来。

在父亲墓前
2005.4

未忘携我进书堂,犹念蒸糕炒豆香。
五十三年多少事,儿孙泣告俱安康。

注:儿十岁时父亲离世,今整修父墓,心情沉重,老泪不尽。

在母亲墓前
2005.4

黄花松柏掩青碑,无尽哀思泪眼痴。
在世未能陪左右,坟前疏祭愧当儿。

回乡偶书(五首)
2005.4

一片华楼映赤霞,游子归来不识家。
旧日荒坡不毛地,今朝满目碧桃花。

夜静忽听机器鸣，开门惊见屋通明。
好奇相问谁家厂，潇洒侄孙忙笑迎。

水抱青山日照红，东风拂醒旧三农。
牛娃厂内多邻里，忙了桑田又打工。

欢乐清风拂绿纱，江南油菜竞黄花。
方归陌上农家女，鬓染春香踏晚霞。

一溪碧水浸红霞，岸上新楼透笛琶。
宝马红蓝朝暮过，新农笑谈闯天涯。

探望童年朋友
2005.4

多载未相知，重逢发已稀。
人生多少忆，最忆是儿时。

师生情
2005.4

福园情意切，桃李溢清芳。
千里寒窗友，同师忆万章。

注：看望高中张桂福老师及爱妻吕水菊同学，巧遇多位老同学，相聚甚欢。

母校情
2006.7

西战东征砺剑锋,蓦然回首夕阳红。
平生憾未多亲近,风采师容总梦中。

广丰米粉
2007.5

细糯清香诱口涎,每逢喜宴早当餐。
多年游子常思恋,馋得回乡几大盘。

喜遇四十五年前老友
2008·3

芳华一场梦,白发又相逢。
乍见悲欣集,呼名忆旧容。

农民企业家
2008.9

自驾小车迎外宾,兴隆生意五洲亲。

西装革履鼠标点，哪像当年种地人。

话说观音桥（七首）
2009.12

相传溪畔显观音，吓退外来强敌侵。
一自山村开筑庙，乡民代代佛陀心。

几股清泉默默流，情深相约聚桥头。
潺声夜伴村民梦，自此桑麻不再忧。

几姓溪边世代宿，年年除夕赛爆竹。
敲锣放炮夜无眠，笑逗输赢从未服。

深深车辙印沧桑，古道村头百业忙。
长店依稀商客聚，一桥兴旺北南方。

人和地利下张家，永定先贤此发芽。
艰苦拓荒成旺族，不知多少又天涯。

栽培烘烤技能精，烟叶醇香百里名。
可惜辉煌成往事，空留晒地上头棚。

泉绕松林九道弯，梯田直上彩云端。
后生指点牛栏坞，犹念先民创业艰。

忆童年（卅首）
2009.12

幼时印象
土匪凶残夜抢钱，抓丁官府又苛捐。
辛劳父母常无语，战战兢兢过一年。

蒋军败退
马路疯传要过兵，春耕男女一时惊。
残军造饭村民苦，我躲深山骂几声。

迎解放军
一路军歌夜到明，家家摸黑辨来兵。
点头微笑军容整，惊喜村民列队迎。

土 改
当家做主好心情，除霸分田美梦成。
村妇出门忙识字，青年踊跃去当兵。

抗美援朝
哥忙下地晚巡逻，嫂做军鞋满竹箩。
我学宣传保家国，同仇敌忾息干戈。

初进私塾
增广贤文三字经，先生巧解细思听。

一年习练初书信，谁说穷童不识丁？

夏　夜

清光泻照好奇童，偎倚妈妈问太空。
织女牛郎何日会，嫦娥为啥住月宫？

看龙舟

最忆水南端午游，满城空巷看龙舟。
鼓声掀起千层浪，我吃鲜桃乐不休。

过　年

蒸糕炒豆杀猪忙，大字红联喜气洋。
爆竹声中年夜饭，通宵母又备新装。

偷枇杷

枇杷黄灿透清香，欲上枝头偷一尝。
人矮树高心打战，邻姨嬉笑送三筐。

冬　趣

冬到家家烧土灰，玩童偷薯火中煨。
诱人香味忽飘外，引得四邻馋嘴来。

货郎担

杂货一挑藏麦糖，咚咚摇鼓铁丁当。
鹅绒铜锡均可易，游子至今思货郎。

初识电影
田头挂幕觉新鲜，五里乡亲四处传。
一道白光人在上，何能歌舞有飞泉？

夏日放牛
草地牛群自美餐，牧童坝上斗棋欢。
夕阳西下山风起，嬉笑声中返木栏。

拜　年
走亲访友外婆先，礼重双包尽桂圆。
年幼不知规矩事，三餐无忌夜玩烟。

打猪草
一夜春风百草芳，田头地角尽童忙。
筐筐鲜草提家去，猪崽嗷嗷喜笑望。

摘绿豆
午间日烤鸟休鸣，畈上已无打谷声。
顶笠村童收黑荚，满筐汗水往家行。

茶馆听书
月光一片泻兰庭，过往行人侧耳听。
堂上书生茶一口，绘声绘色失街亭。

夏日"双抢"
十里稻香炎暑长，抢收播豆各繁忙。
大人挥汗吾心急，才了甜茶又送汤。

迎新娘

喜与邻童一路歌,新娘窈窕似嫦娥。
迎亲队里无花轿,婚嫁移风趣事多。

祭灶神

每逢腊月小年夜,父母殷勤送灶神。
米酒甜糖香纸供,人言原是为封唇。

雪　景

天公一夜静飞花,满目山河压素纱。
几个顽童酣雪仗,归来满脸透红霞。

父亲去世

一家解放乐天伦,不幸病魔赙父身。
我恨天公无爱意,童年一击梦酸辛。

为家分忧

放学归来处处忙,打柴割草牧牛羊。
池塘车水三更过,小憩肠饥又学堂。

拾蘑菇

寂寂青山新雨后,提篮过岭拾蘑菇。
喜看片片松林下,玉立亭亭不忍诛。

冬日打柴

砍柴早早上西山,割面霜风吃力攀。
脱帽挥刀衣湿汗,樵歌一担夕阳还。

农民入社
一阵风潮合作忙，村民入社喜洋洋。
私田农具交公去，都想抱回金凤凰。

春游沙溪
初识火车惊叹多，山娃一路放声歌。
风驰电掣穿云雾，趣事奇闻几大箩。

学习二胡
借友蛇皮蒙竹筒，拽来马尾作拉弓。
闲时摆弄不离手，也学老师勤练功。

演讲比赛
全区演讲比高低，跃上擂台金榜题。
村小老师张口笑，沟鱼也可出山溪。

记怀西山观（中学十五首）
2010.12

金色年华
曾经懵懂到西山，喜坐轻舟出港湾。
雨露阳光时沐浴，归来已改少年颜。

艰难走读
光脚来回数小时，天天上课未曾迟。
多情应是黄金犬，夜路陪行总不离。

大炼钢铁

热火朝天炼铁忙,师生停课也疯狂。
土炉不解春风意,光吐乌渣不出钢。

南门夏泳

屐敲石路壮南街,击水丰溪畅抒怀。
霞映清波红似火,青春遐想更无涯。

打草归来

劳动一天肠胃空,几桶稀粥影无踪。
学生相互傻傻笑,饭票一摸愁满容。

下社支农

乡下田忙去助农,晚归灯下议专红。
可怜班里娇娇女,黑了肌肤瘦了容。

冬筑水库

师生听令做愚公,筑坝挖渠顶烈风。
千顷平湖一朝起,欢声响彻万山中。

在饶参加省夏令营

学做航模倍细心,长空鹰击信江浔。
只因当日一甜梦,才会金戈恋到今。

寒窗苦读

学海深深岂有涯,校园多是读书痴。
朝霞明月常相伴,回首甜甜一部诗。

课外活动
健身男女各神通，合唱回肠荡气中。
难得闲来嬉戏闹，失陪春鸟看花红。

同学心
水要清新酒贵陈，同窗友谊最纯真。
平生虽说难相聚，一见掏心倍觉亲。

老师辛
百炼方成毕业人，过来始晓教师辛。
一声拜拜匆匆去，园内空留蜡烛身。

谢园丁
路客只闻桃李芬，谁知庭圃护花人？
英之颜色丁之泪，泉溉泥封只为春。

寄语小辈
最是风华正茂年，青春遐想色斑斓。
芝兰之室非常有，莫失千金路自宽。

难忘母校
铸剑何曾顾老身，千回百折历风尘。
空囊一路总相恋，我是西山观里人。

再游祥德寺（二首）
2011.10

古寺依村岂寂寥，清泉汩汩梵音飘。
红尘净土虽相隔，农佛天天共一桥。

白首重游一梦中，禅房已改旧时容。
人间魅魍知多少，能否弥陀制毒龙？

三春晖
2012.11

少小哪知慈母珍，嘘寒问暖视烦音。
一从风雪秋冬后，方悟唠叨尽爱心。

广丰杂咏（十四首）
2013·3

两岸青山似故人，一溪澄澈洗风尘。
旧园归路乡音绕，游子寻根格外亲。

晓风吹我出车行，红翠峰峦雾气醒。
不见当年凹凸路，柏油直达广丰城。

欲寻老屋只留痕，犹忆溪山是我根。
今日匆匆三道别，此生难报故乡恩。

隔溪凝望西山观，曾记寒窗忧乐篇。
世事沧桑成过客，孤身拄杖一怅然。

大道华楼笑白云，县城旧貌已无存。
踏霞急向外甥问，何处西关走北门。

水南城北晓风吹，东厦西山相对嬉。
我为鸟林题一曲，欲随白鹤寄天涯。

街巷黄昏灯似花，闲观歌舞品新茶。
徘徊月下归游子，最爱乡音卖果瓜。

灯似繁星星似灯，箫韶隐隐伴涛声。
无眠文化长廊里，一任乡风拂我行。

亲朋甥侄足真情，烧酒鱼豚鸡蛋羹。
一醉酕醄不知路，门前已听小车鸣。

油盐柴米白人头，地僻山穷往日愁。
乡镇如今思巨变，琴棋上网醉高楼。

春色一湖千态姿，铜山深处隐瑶池。
九仙或是凡胎种，犹恋人间不愿离。

历尽人间雨雪风,依然耸立傲苍穹。
铜山英烈抛颅后,鼎石悲歌始姓红。

一寸光阴一寸金,睿言谁解惜春心。
乡贤贞白高歌后,励志争分多少人。

博山石浪醉书留,幸有清溪洗国愁。
重读稼轩千古调,兴亡世事涌心头。

回乡感怀(二首)
2013.12

寒夜临窗听飒风,家山难觅旧时容。
多情待我门前水,不减当年甜味浓。

送别爹娘送哥嫂,乡邻老辈已无多。
人生犹似东流水,逐浪争先一瞬过。

冬日(二首)
2015.12

衣食已无忧,儿孙绕膝头。
问君何所虑,难舍是乡愁。

梅香风雪后,人醉月明时。
多少故乡事,频频入梦痴。

外甥陪游创业文化园有思
2017.4

华楼似笋长郊荒,园绿花鲜瓜果香。
细阅当年兴业史,扁担写出大文章。

广丰道中
2018.4

水暖丰溪虫透纱,看花何必问渔家?
含香雨霁东方晓,百里乡山尽彩霞。

故乡夜宿
2018.4

碧水新楼香草花,轮流夜宿侄甥家。
城乡旧事知多少,不再操心柴米茶。

告别广中
1963.9

别离总是夜难眠,悲乐酸甜忆万千。
母校恩师情不舍,同窗好友梦相牵。
人生苦旅无穷日,书海神游能几年?
安得世人春永在,西园常聚话从前。

京城寒假
1964.2

春节思家切,同乡病共怜。
初三才话别,十五又团圆。
前世修来福,今生续结缘。
莫言相聚短,淡水暖心田。

注:在京与同乡叶毓鹏、刘永信等春节相聚有咏。

故乡行
1968.6

游子难忘故土情,夏迎风雨踏归程。
娘惊含泪将儿叫,嫂急烹鱼把弟迎。

邻里闲聊天下事,村童笑问客人名。
家乡处处多亲美,一夜香甜睡到明。

哭母亲
1992.11

慈母安然与世辞,儿孙一屋痛伤悲。
寿高九秩无不敬,德厚四方皆口碑。
茹苦含辛忍负重,嘘寒问暖爱相随。
身隳不幸灵千古;养育之恩夜夜思。

回母校广中
2000.10

抖落征衣仆仆尘,西山观里似家亲。
小河尽是相思泪,旧室犹留苦读声。
细问恩师多福寿,不知寒友几清贫?
园中花鸟争相看,笑我痴情一老宾。

祥德寺感怀
2004.2

山村藏古寺,初日暖寒冬。
门外甘泉洌,殿前香雾浓。

净心求法雨，富食靠新农。
谁念归乡客，依依别旧踪。

与外甥侄子登永和塔
2004. 2

孤塔青云上，登临托九天。
群山连浙闽，细水绕林田。
风暖春开闹，地灵人比贤。
江南多胜地，最恋故乡妍。

广丰月兔广场
2007. 5

锦坛居静处，日暮拂清风。
近听摇篮曲，遥看落地虹。
花香醉山水，舞曼恋婆翁。
桂兔遥天叹，人间胜玉宫。

题丰溪诗友
2011. 11

喜看吟坛添劲旅，细听乡梓味深浓。
悲欢离合情何婉，日月山川志自雄。

万马奔腾天地广，一心耕种果粮丰。
老夫未觉桑榆晚，更待朝霞比夕红。

广丰天桂岩
2016.12

洞奇谁造化，南北慕名观。
梦幻神仙聚，心惊灵殿宽。
祥云绕天柱，佳卉灿河滩。
春色藏多少，游人仔细看。

高中同学聚会
2017.4

春风送喜鸟啾啾，五十多年再聚楼。
牵手但悲云鬓改，欲言忽觉泪腮流。
沧波已洗飞鸿苦，浊酒难消折柳愁。
未变纯真夕阳会，一声珍重一回头。

注：兼谢吕水菊、周福寿、周人胜等牵头同学。

外甥陪登广丰屏风山
2017.4

城中一峰秀,游子喜登临。
曲径连天地,廊诗接古今。
啾啾闲幼鸟,切切悦知音。
惆怅望尖笔,文兴慰我心。

丰溪漫步
2017.4

水南城北尽高楼,天外飞虹豁醉眸。
九曲丰溪起铜钹,千年名邑耀神州。
地灵代有贤英出,物博今无衣食忧。
一步几回思旧梦,故乡蜕变喜心头。

清明祭父母
2017.4

老来常自念爹娘,今祭清明神独伤。
悲父无医丧天命,怜妈小脚赶墟场。
一生好德人情重,百事无私子女康。
舜日家山容貌改,纸钱告慰复焚香。

故乡秋兴
2017. 10

金风细水小洋楼,树下鸡羊树上鸠。
阵雁闲云相趣逗,藤瓜晚稻正丰收。
月牙弯挂儿时梦,菊酒杯邀村里俦。
回看三农今面貌,有谁再慕旧王侯。

家　园
2018. 4

曾因环境梦中愁,今看城乡真可游。
水秀风清嬉百鸟,花红树绿隐千楼。
埋头发展富家国,放眼生存爱地球。
宜业宜居谁不慕,路长还应细筹谋。

高中同学会抒怀
2018. 4

正茂花年各一方,同窗今又聚华堂。
倾情欲唱三春曲,把盏休言两鬓霜。
世上无书能解梦,人间有味是思乡。
悲欢离合寻常事,若放豪歌莫笑狂。

众同学游广丰中洲公园
2018. 4

谁将翡翠嵌中溪,色彩斑斓世所稀。
黄鸟啼林花挡路,春风拂面柳牵衣。
滔滔水碧孕新梦,隐隐箫韶醉夕晖。
游子浑无迟暮叹,相亲相忆共忘归。

与叶毓山及周人胜同游十都
2018. 4

坝上晴初放,清流花正红。
新楼多似笋,老屋大如宫。
天趣人皆寿,山深物更丰。
难辞同学意,留醉话西东。

游广丰六石岩
2018. 4

春日友相约,慕名多少年。
紫岩云变幻,幽谷竹翩跹。
岭险隔三省,泉清自九天。
恨无双翼鼓,一览故山妍。

忆江南·故土
1979.4

思之切，千里故乡寻。山水田园都是梦，燕呢莺语尽乡音。无寐夜深深。

蝶恋花·乡情
1983.2

在外时时思故土，一旦归家，悲喜交加雨。慈母鬓霜多少语，亲朋兄姐挨家聚。

邻里媪翁多作古。旧日玩童，事事倾心吐。溪水相邀松柳树，含情为我轻歌舞。

虞美人·上饶信江桥头
1989.8

画桥烟柳江如练，两岸华灯艳。古城胜景味尤浓，夏夜更添新色月明中。

高歌击水今犹记，更趣航模比。当年朋侣在何边？唯见不归江水浪争先。

注：1960年在上饶参加省办航模夏令营，回首往事，感慨万千。

一剪梅·回故乡
2004.2

倦鸟匆匆归故乡,泉在欢歌,梅溢清香。云山草木望中痴。饮食无忧,老少安康。

往日辛酸犹未忘,人祸天灾,肌瘦神伤。东风忽暖万千家。游子开颜,浊酒芬芳。

浣溪沙·随外甥重游广丰县城
2005.4

自恃楼桥百事通,水南石弄影无踪。丰溪怎觅旧时容?
柳岸长廊花簇上,宽街商厦绿丛中。四方集市笑声融。

摊破浣溪沙·寻儿梦
2005.4

雨后斜阳映翠微,杜鹃花艳鸟欢啼。水满鱼塘风拂柳,故乡归。
河边山径寻旧迹,田头地角踏新泥。南北东西寻不到,少年时。

西江月·乡缘
2007.5

天上银河闪烁，人间丰水长流。新添春色万千舟，吸引五湖朋友。
少壮总思海阔，老身难解乡愁。来生若再把胎投，缘续故乡依旧。

采桑子·赠乡里同辈
2007.5

遥思少小情如海，曾隔东西，今又东西，不觉人生已古稀。
夕阳脉脉山河恋，虽已身衰，莫说身衰，正是天伦享乐时。

忆江南·广丰（十首）
2010.12

家乡忆，最忆是童年。田野山川嬉戏闹，三餐无虑不愁穿，样样觉新鲜。

家乡忆，最忆是春天。紫燕欢歌寻旧主，山花桃李竞争妍，绿遍谷秧田。

家乡忆，最忆夏收时。百里稻香人共喜，千挑万担彩云归。月下沐流溪。

家乡忆，最忆晚秋姿。红叶斗霞霜映月，橙黄豆熟菊芳菲。能不喜心眉？

家乡忆，最忆过年欢。酿酒蒸糕忙炒豆，舞龙放炮庆团圆。除夕夜无眠。

家乡好，神笔也难描。百里丰溪如玉带，翠峰铜钹恋云涛。沃野尽妖娆。

家乡好，灵地育贤民。吃苦耐劳多智慧，神州创业有知音。致富不忘根。

家乡好，诚信朴淳风。四海五洲均是客，千家万户乐相融。祖国在心中。

家乡好，物产数奇珍。猪鸭鹅羊名海外，油烟米粉誉周邻，矿产胜千金。

家乡好，改革绽奇葩。百业旺兴人福寿，金光大道到天涯。笑语万千家。

唐多令·归故乡
2011. 10

红叶缀山丘，清溪静静流。带儿孙、故土重游。一步一回如画里，乡旅短，醉高楼。

往事梦中休，儿时老屋留。忆双亲、内疚心头。月色穿帘难入寐，多少事，眼前浮。

临江仙·忆童年
2013. 12

忆及当年求学路，学朋多是牛童。归家吆喝牧山中。斜阳青草里，吹笛看花红。

如梦人生难再复，河山依旧葱葱。却寻稚脸已无踪。人情多少事，何似少儿浓？

唐多令·乡恋
2014.10

乡恋有多痴？天涯赤子知。任年年、雨打风摧。山水乡音犹目耳，常缱绻，雁南飞。

风爽送侬归，故人鬓已丝。看家山、却更娇姿。旧地新楼同一醉，临执手，更依依。

秋波媚·秋雨
2017.10

秋雨秋风叶飘时，故地望中痴。恼人天气，积心往事，愁上双眉。

梦中犹忆凌波步，携手彩云归。楼台欢笑，长亭离恨，山鸟空啼。

诉衷情·乡愁
2015.1

离乡甘做老黄牛，三线锻吴钩。寂山浸透忧乐，不觉鬓先秋。

挥不去，总心头，是乡愁。今生犹憾，一个空囊，无以相酬。

渔家傲·家姐寿庆
2017.10

　　堂上仙桃红映树,庭中萱草香如故。喜笑儿孙亲友聚。同心语,寿筵八秩慈颜驻。

　　记否童年寒暑苦,拉犁割稻松苗土。护我南山偷白薯。思来趣,惊回圆月星无数。

02

第二篇

三线情怀

喜泣大学毕业分配
1968.12

地天斗法未曾休,武卫文攻夜夜忧。
盼到国家分配令,喜收行李赴渝州。

华蓥道上
1968.12

离渝赴三线,车在峰谷转。
未遇双枪婆,但见忙会战。

初在猴儿沟
1969·3

上班老九各繁忙,月照溪边聚一堂。
此刻尽聊天下事,夜深不再乱思乡。

到华光探望同学
1969.9

来蓥同窗各西东,周末相思两地同。

何惧天池山路险，一逢尽在不言中。

旅途偶感
1970.1

北国隆冬千里雪，西南水绿暖如春。
山河广袤多娇美，无数英豪誓献身。

上饶送别
1970.2

送走亲人顿觉孤，列车望断泪模糊。
君今千里因公去，遥祝前程尽坦途。

三线夜
1970.5

林涛唱和野猿鸣，夜半工房色更明。
窗外不知春雨霁，雄鸡一曲伴归程。

单工戏作
1970.6

几只馋猫大不仁，每闻油肉忒精神。

我买保健他嫌少,白食一餐还嘴贫。

注:每月发工种保健,我和雨春邀请同学杨访、树贵、伟民志斌等炒肉做饭,举杯畅叙,甚欢。

三线建设有感
1970.11

红旗指处尽青岚,百万军民会战酣。
背井离乡休戚共,献身多少好儿男。

参加新战机某新品试飞赋(五首)
1971 春夏

装机调试
天天测试在机场,夜夜神鹰伴梦香。
为使长城添利剑,风霜雨雪又何妨?

攻坚克难
试飞成败担沉沉,破解难题苦苦寻。
日出烟消惊喜泪,谁知老九此时心。

低空突袭
呼啸一声冲九天,俯攻掠地任休闲。
靶心忽见金光闪,银燕欢歌已凯旋。

赞试飞员

俯冲上仰忽西东，挑战桩桩使命忠。
打造战鹰无敌手，空中骄子建奇功。

颂地勤兵

五更查验保飞航，呵护归鹰暮湿装。
夏顶酷阳冬冒雪，平生无悔战机旁。

住院沉思
1971. 9

试剑归来浑无劲，心事重重去治病。
不才多谢关心人，学做钓翁强养性。

三线随笔（六首）
1971. 10

陋室

茅棚窗两扇，日暮对星天。
鸣雁南归去，风霜又一年。

早班

林梢残月尽，山径落花多。
莫道人行早，黄莺一路歌。

会友
周休寻老友，山径没云烟。
过岭疑无路，轻声问细泉。

试验室
才经漠河雪，又到伏南天。
为试降妖剑，师徒又未眠。

学农
冬夜筑鱼塘，春来建奶场。
儿孙如问起，莫笑瞎空忙。

心扉
山高不觉深，日暖鸟同林。
卧虎藏龙地，谁知赤子心？

冬夜攻坚
1971.12

成败在年关，师徒共克难。
不知深夜里，大雪满河滩。

迎春
1972.2

千山裹素装，万户过年忙

夜夜工房里，人人备战昂。

注：在乐安为一批献身核工业的年轻人而作。

在乐安过年
1972.2

除夕历来张口成，今年小俩自操营。
一杯茶水当醇酒，难得相思彻夜倾。

华蓥铸剑
1972.4

烟云百里布明珠，自此深山不再孤。
北调南腔三线聚，万千利剑出红炉。

战五月
1972.5

又到一年红五月，车间会战各繁忙。
女工不顾新妆理，鬓插蔷薇满院香。

秋夜寄内
1972. 9

夜雨秋风欲断肠，与君离别似参商。
何当风雨长厮守，却话巴山痛苦郎。

万里盼喜
1972. 10

白日难坐立，静夜心头急。
忽报母子安，邀朋对酒泣。

到乐安探妻儿
1973. 1

茶饭不思千里回，宝儿模样费思猜。
推门急看摇篮里，喜抱一亲泪满腮。

陪赵家槐老书记到雅安三线厂
1973

车出平原岭雾迷，欲寻三线问泉溪。

雅安已是山高远，工厂山深更在西。

华蓥七夕
1973. 8

夜深林静鸟眠巢，等看双星会爱桥。
多少痴人盼灵鹊，天涯知己共今宵。

襄渝铁路通车
1973. 10

襄渝相隔万重山，备战华蓥尽险关。
十万军民多少汗，铁龙过处尽开颜。

三线曲（二首）
1974. 10

家居干打垒，日食涩清汤。
工友无人怨，天天照样忙。

备战边关急，加班夜雨愁。
神疲临产妇，不愿在家休。

渝梅赞
1975. 2

节后姗姗玉兔来,吉祥应谢一枝梅。
万家团聚独君放,只献芬芳不为财。

注:为等小女接生,渝梅医生放弃春节团聚,令人感动。

春荒绿市赶场
1975. 2

提篮涉水过山冈,小镇长街喜气洋。
粮票换回鸡鸭蛋,全家又可度春荒。

喜迎秀英来川侍月
1975. 2

风雨三千里,孤身不畏难。
犹如雪中炭,一扫早春寒。

华蓥夏夜
1975.8

泉水叮咚月挂空,清风拂面笑声融。
露天电影烦痕洗,惬意悠悠似梦中。

春来偶思
1976.4

昨夜忽然来恶风,可怜花蕾未曾红。
溪边野草翻身倒,唯见苍松立壁中。

盼雨
1976.7

灌浆稻黍尽枯萎,饮水如油毒日欺。
坝上农民仰天立,龙王何不动慈悲?

戏题晨战
1976.12

瞎火妻忙备早餐,帮陪两小整衣冠。

托儿所里道声谢,健步哼歌又上班。

赞筒子楼
1977.1

同走一楼道,小宝家家抱。
酸甜共品尝,凭栏论花草。

广安县府观花
1977

大院齐开铁树花,人潮争看日西斜。
广安都说乡亲邓,起落缘都为国家。

自嘲
1977

调研细辨伪和真,查验方针不走神。
下笔篇篇无日夜,光鲜背后一微尘。

科研所里（二首）
1977.6

深山陋室铸神戈，妙想连连汗水多。
又是蚊叮明月夜，松涛忽奏凯旋歌。

数字如山一手摇，画图细似绣花绡。
东风习习催人奋，绝顶风光无限娇。

攻坚师傅
1977.6

零件高精困技工，创新妙想亦英雄。
机轮飞转丝丝扣，不负当年百练功。

题五项试验室
1977.6

鼻挂冰梢眉结霜，高温烘烤又何妨。
一心试剑无朝暮，稍息台旁入梦香。

废品展览
1977.7

一张图表挂墙上,几堆废品工台放。
谁说清规要破除?请看惊心对比账。

广安渡口
1977.10

故乡东望路漫漫,水隔云遮多险关。
何日烟消妖孽靖,沿江直下把家还。

送妻赴南温泉疗养留言(二首)
1978·3

悲叹心生乱,开心病自轻。
温泉静疗养,体健返征程。

选好习功课,天天莫误时。
强身非一日,奥妙在坚持。

家中乐
1978·3

爱妻疗养我当家,白日忙班晚做妈。
苦累神疲心总乐,乖儿娇女把爹夸。

广安春歌
1978·3

风暖红梅落,莺啼细草生。
屋檐呢紫燕,处处闹春耕。

携儿女到南温泉探妻(三首)
1978.4

携儿带女到南泉,一路风光尽自然。
山水欢歌陪左右,白云迎客舞翩跹。

两地相思一线牵,合家欢乐泪涟涟。
小儿急向妈问好,幼女争先怀里缠。

温泉不息世称奇,神力当来泡澡时。
异想天开忽相问,家门可否赐汤池?

晨练
1979.5

星星眨眼五更鸡，正是翻山锻炼时。
万物苏醒相问好，汗花一路引蜂随。

外语
1979.6

一从大地起沧桑，外语翻身变吃香。
夜读兴浓难掩卷，月痕早已过东墙。

登山偶思
1979.7

在家不觉蜗居小，登顶始知天地宽。
十载犹如烂柯客，沧桑世界独痴看。

某军品获奖有感
1980.2

三年苦战忽成名，国奖虽荣责不轻。

若是神州无动乱，早将利剑固长城。

喜购电风扇
1980.5

自从东风拂蜀巴，寻常餐桌有鱼虾。
旧时公用电风扇，忽进工薪百姓家。

与小儿玩飞盘
1981.5

盘在空中转，来回任自如。
小儿高一技，老父腿酸虚。

听幼女唱歌
1981.8

空中星伴月，坝上纳凉人。
侧耳听童曲，融消一日辛。

夏夜
1981. 8

向晚草坪围几家，汗衫凉椅一杯茶。
流萤乱舞山风醉，摆罢龙门月已斜。

中秋夜
1981. 9

琴悠玉盘皓，惊醒梦中草。
万山隔故乡，亲人现可好？

题老九
1981. 9

攻关试剑正繁忙，电报家来欲断肠。
浊酒一杯思万里，平明又见克难郎。

秋日有思
1981. 10

封闭山区十数年，些些子女也扬鞭。

近亲繁殖多无奈，发展难能再选贤。

咏华蓥工农区
1981.10

百里华蓥物产丰，资源整合势无穷。
乡区服务全方位，助力军工欲再雄。

开心果
1982.9

晨行叮嘱整衣衫，目送乖乖上学堂。
班后归来无倦意，撒娇爱听叫爹娘。

在渝学习考察有感
1982.10

重庆周边尽险关，军工三线隐其间。
利矛坚盾名天下，贼寇如知定不安。

别四川
1982.12

蜀水巴山十五年,风霜铸剑未曾闲。
今晨倦鸟东归去,众友长亭不忍还。

乘江轮回乡
1982.12

亲吻渝城已落霞,雄关不尽过川巴。
忽惊石壁横空立,闸泄飞舟喜到家。

大茅山竹颂
1983.12

春来争破土,夏至茂成林。
雪压弥坚节,风摧自洁心。

闭塞大茅山
1984.6

白天铸剑不知疲,早晚挥锄战地皮。

寂寞深山多卧虎，外头风景有谁知？

大茅山偶思
1984.6

寥落枝丫独自哀，周边难觅栋梁材。
狂风骤起沙尘舞，可叹青山不复来。

大茅山随笔（二首）
1984.8

竹韵松涛倍觉亲，大茅山月洁如银。
溪边夜半归家路，全是加班三线人。

光擦金工校艺精，汗加智慧一朝成。
山沟今出降妖器，频见枝头喜鹊鸣。

山中秋夕
1984.10

万里霜天整日风，梧桐叶落鸟匆匆。
夕阳眷顾山河秀，犹照青峰一半红。

上饶送别浩章夫妇
1985.7

依依车站别,寄语祝成功。
只为军工恋,无缘与友同。

雨中惜别同窗
1986.7

重逢在冬雪,短聚又何别。
茅山雨和风,相思对谁说?

聚力调迁篇(二首)
1988.11

咬紧牙关为调迁,奖金不计绘新篇。
前方基建佳音到,山里齐弹欢乐弦。

调迁岂是步闲庭,万事公私谁重轻?
幸是大多能舍我,众心一力为前程。

三线调迁
1989.5

战略搬迁进闹城,情深泪洒别长亭。
峥嵘岁月祥和地,多少悲欢载汗青。

在禾喜遇尹渝梅(二首)
1991.1

当年三线别,苦念却沉鱼。
乍见方风雪,冰心一吐舒。

曾邻常笑语,风雨共危寒。
雪夜君归去,思来总不安。

新生老军工
1996.5

长安建设与嘉陵,摩托微车百姓乘。
曾是兵工国家队,军民今日共飞腾。

注:随兵总人劳部在渝考察老军工厂有感。

看电视国家记忆大三线有怀（十首）
2017.9

国家记忆润心田，三线峥嵘似昨天。
万里西南寒暑日，尘封旧事夜无眠。

京城不恋恋西南，家国安危肩上担。
地僻山深尘世隔，埋名尽是好儿男。

军工十骏隐华銮，火热深山扬臂迎。
卧虎藏龙神秘地，凯歌曲曲野狼惊。

任凭风冷雨萧萧，万击千磨烈火烧。
多少神思多少汗，一朝利剑镇邪妖。

生活科研配套全，外边动乱此桃源。
工商农学谐相处，各尽才情年复年。

家住山坡干打垒，年来谁见几荤腥？
浩歌一曲朝天笑，未及思乡又草青。

平坝喧声夜已昏，露天电影摆龙门。
忽如月下甘泉涌，洗尽尘心一日烦。

山深林静起猿声，雁阵徘徊酒一瓶。

忠孝难全霜月夜，思亲独倚数星星。

不言富贵不言功，甘献青春一袋空。
老友相逢总无悔，谁知使命在心中。

铸剑山林数十春，调迁每忆长精神。
城中小辈如相问，不改曾经三线人。

在空五师看新战鹰试飞
1971.5

卫国身怀绝世功，全凭苦练不言中。
凌云振翅英姿展，掠地摧枯气势雄。
狼虎闻声皆丧胆，山河来舞共腾龙。
神州今看多娇美，无数银鹰护碧空。

三线秋夜下班抒怀
1974.10

夜深万户绝喧声，皓月当空大地明。
松影离离铺石路，清泉默默过溪荆。
倦身沐露工装湿，幼子和衾甜梦惊。
寂寞山沟辛铸剑，有谁逐利为留名？

题四川兵工光学专委成立
1979. 10

春光拦不住，巴蜀又花开。
耆宿雄心畅，新贤壮志催。
难忘磨利剑，共话育英才。
为把长城固，今朝醉一杯。

部长华蓥视察
1980. 6

老者频挥手，山花遍地开。
实验台旁问，职工家里回。
辉煌言过去，美好寄将来。
三线东风起，扬帆号角催。

某军品定型有感
1981. 12

千辛磨一剑，今喜出华堂。
夜夜心头急，年年节日忙。
扬眉剑出鞘，挥手已擒狼。
三线埋名辈，招招壮国防。

三线年终
1983.12

攻关铸剑几无眠,冻裂声中捷报传。
云卷云舒孤岭上,人歌人舞晓窗前。
军民互致新年好,父母遥祈残月圆。
却看材人仍岗位,霜风不解问山泉。

三线夏夜
1984.8

雨霁深山暑气微,谁家黄犬对余晖。
水中修竹婆娑舞,岭上闲云自在飞。
风细推窗虫隐草,月明摇椅露侵衣。
茶凉夜半忽惊醒,邻里加班正晚归。

重回首
2009.10

聚会南湖叶正黄,声声问好忆沧桑。
风华正茂奔三线,心志尤高建国防。
共事相依肝胆照,分离常念苦甘尝。
春光无悔天涯路,难得团圆醉一觞。

注：分别廿多年的三线同事相聚感赋。

题红光村微信群
2016·3

有幸华鎏铸剑逢，青春献了各西东。
举觞醉望巴山月，拄杖遥听蜀水风。
微信一连惊倦鸟，故村再聚话秋蓬。
夕阳应谢互联网，寄语来年花更红。

看三线旧址照片抒怀
2016.12

当年百里舞飞龙，三线峥嵘犹忆中。
备战霜天磨利剑，为民月夜笑茅棚。
满头白发心无悔，一袋空囊志不穷。
后辈或忘先辈梦，丰碑已立那高峰。

贺华东光电五十年
2019.5

源自龟山下，风烟赣水边。
埋名犹铸剑，卫国不知年。

寂寞丹心在，辉煌使命牵。
今看后来者，彩笔续新篇。

如梦令·初到三线
1969.1

月下潺潺流水，老九初来相识。难舍校园情，舒展风华鸿志。牢记！牢记！切莫空谈才智。

谢池春·中秋
1973.9

碧海云天，银镜皓辉千里。桂芳馨，梧桐叶坠。疏萤风露，似流星飞逝。玉宫中，有谁垂泪？

千山万水，雁断相思无寐。小窗前，扶觞自醉。今宵清景，独佳人知意。愿平安，一生祥瑞。

浪淘沙·秋日
1974.10

黄叶满天飘，孤雁哀号。风停又雨菊残凋。日暮山坳星点点，路静人消。

总想故乡桥，山水同胞。鱼沉驿断夜难熬。愁绪如泉流不尽，浊酒逍遥。

浣溪沙·朝天门码头
1975. 10

山映斜阳水接天，金风细细息凄蝉，石阶坠叶乱飞旋。
暮色沉沉乡路远，星光淡淡大江寒，凭栏不见月儿圆。

忆江南·山中秋夕
1976. 9

风雨夜，酒醉独西楼。何处秋声惊醒梦，长空星烁月如钩。雁过问何忧？

忆江南·春在山村
1977 · 3

晨坐起，帘外柳千条。正是山中春媚日，水边芳径小蛮腰。笑语过村桥。

卜算子·奉献
1978. 11

风雨夜沉沉，楼内明如昼。抖擞精神到五更，铸剑防狼寇。

陋室复攻坚，汗水棉衣透。恩爱夫妻不识儿，偶见黄花瘦。

青玉案·三线抒怀
1979·3

十年动乱荒唐误，只可惜，青春去。袅袅东风花万树。蛰龙惊醒，千山深处，跃跃思高举。

奇葩境外多无数，越海飞天觅差距。要问为何家不顾？号声催急，险山开路，更有风和雨。

踏莎行·除夕
1980.2

瑞雪封山，寒风刺面，隆隆爆竹工房暖。万家灯火庆团圆，干群一夜攻坚战。

松竹争奇，雪梅斗艳，山中多少军工恋。不知节假有休闲，可怜儿独迎春院。

浪淘沙·春潮
1980.4

细雨洗残红，郁郁葱葱。归来燕子舞东风。耕作水田蛙阵阵，大地融融。

三线大山中，相伴苍松。十年寂寞未曾熊。改革春潮开放号，搅动军工。

生查子·除夕寄家
1981.1

蜀天风雨寒,桑梓音尘断。旧岁去悄悄,人却红颜变。
常思山水情,不忍离三线。慈母莫伤悲,遣雁先来伴。

南乡子·三线周末
1983.6

  陋屋没云烟,阵阵松涛翠谷旋。蜂蝶花前嬉戏闹,休闲。几个山娃逗雀鹃。
  男女背朝天,从早挥锄到月悬。伫立痴看瓜豆架,心酸。何日无须为菜篮。

鹧鸪天·三线夏夜
1986.7

  暑气熏蒸暮色临,月光如水洒山林。稻香十里蝉声噪,急盼清风三线人。
  提竹椅,聚河滨。露天电影洗烦尘。大人闲扯家常事,浑小嬉争冰激凌。

长相思·三线军工
1987.1

雪茫茫，夜茫茫，多少干将铸剑忙。一心为国防。
苦也尝，累也尝，默献青春鬓已霜。更阑思故乡。

生查子·军工恋
2008.10

半生三线中，铸剑知多少？岂顾小家寒，乐为军工老。
桑榆一路看，后辈争分秒。杀铜慑豺狼，常在梦中笑。

虞美人·追梦
2013.7

少年追梦寒窗里，学海勤求是。壮年追梦大山中，饮露经霜铸剑未曾熊。

而今追梦金光道，神爽忘身老。满园花树闹春时，一路千帆竞逐鸟欢飞。

青玉案·三线情思
2014.11

当年壮志奔三线,草泥屋、清汤饭。多少英豪辛砺箭。花开花落,风刀霜剑,不觉青春献。

深山一别情难断,每忆苦寒总无怨。月在中天亏又满。镜前兴叹,闲来通电,可惜人难见。

忆江南·思三线
2019.6

人老矣,往事梦中留。昨又芳华三线日,一腔热血锻吴钩。风雨共欢忧。

03

第三篇

| 物事人生 |

天安门广场狂欢夜
1963.10

国庆良宵百族欢,轻歌伴舞有谁眠?
星河怎比银花美,神笔难描幸福天。

金工实习有感
1964.5

铸锻车钳焊,功夫各不同。
老师时指点,技到自然通。

颂我国首颗原子弹试爆成功
1964.10

红核轰隆震太空,蚊蝇悲泣恶狼熊。
神州儿女多才智,四海欢呼中国龙。

寒假学溜冰
1965.1

昨夜操场洒水忙,今晨镜面透寒光。

冰鞋初试连筋斗，嫉慕顽童似燕翔。

学海偶思
1965.4

探秘求知实苦辛，人民嘱托重千斤。
学无捷径春光短，全靠孺牛早晚勤。

山东社教随笔（二首）
1966.4

访贫问苦
王妈家里半饥荒，李伯儿孙缺布裳。
问苦几天惊醒梦，社员温饱路还长。

有感"三同"
天天吃住在农家，田事收工正落霞。
月夜访贫肝胆照，归来星斗已西斜。

无题
1967.6

派仗无休为夺权，不知真理在何边？
课堂积垢人焦虑，夜半偷书伴枕眠。

深怀总理
1976.4

清明怀总理，热泪湿衣襟。
愁看风云乱，谁来把鬼擒？

国殇
1976.7

惊闻强震降唐山，百万同胞命一悬。
造化无情人有爱，军民救难写新篇。

瞻毛主席遗容
1977.9

不尽人流缓缓随，衣襟泪湿忽心悲。
开天伟业赖君舵，一步一回无限思。

梅园新村
1978.1

遥看一树梅，三九竞相开。

泪眼花前问，何时总理回。

寻春
1983.4

一群蜂蝶穿花海，几只黄鹂语竹林。
拾翠村姑香径去，踏青小子满山寻。

夏收图
1985.7

稻香十里雨初停，处处开镰打谷声。
月夜无风笼上烤，农夫力尽到天明。

秋日
1986.10

无奈年年各自吟，愁风苦雨隔知音。
阿哥遥寄相思豆，小妹偷传尺素心。

暮春
1989.4

风雨何来急,摧花恨不留。
一童锄净土,盈泪筑香丘。

在沪北站送儿求学所思
1990.9

有志孩儿泪不弹,西京道上祝平安。
遥思廿七年前夜,求学孤经上海滩。

秋夜
1993.10

一阵秋风潜入房,瑶台梦断笑黄粱。
床前明月如霜雪,何处橙柑送淡香?

告别购物证感赋
1993.10

取消票证购衣粮,疑虑重重可久长?

柴米油盐谁可解？清风活力满城乡。

病中吟
1994.5

桩桩烦事未曾停，住院方知病不轻。
难得平生清静日，诗书一卷出围城。

秋菊
1994.11

庭园霜露饰银金，处处寒香色浅深。
何故同花秋绽放？人间定是有知音。

同学情深
1995

京城一别似飞鸿，相会嘉禾非旧容。
杯酒频频思往事，始终不变是情浓。

注：和胡鼎富夫妇共迎赵荣海、丛喜胜、郑全宝等大学同学来访餐叙，甚欢，特补咏。

人事杂咏（二首）
1995.6

并非无慧眼，而是路人奸。
多少凌云木，深埋乱石间。

游鱼江不择，有木可栖禽。
绿水青山地，何愁客不临。

人事再咏（五首）
1995.6

虎在深山腰腿健，茶生云雾叶芽香。
不经风雨傲霜雪，温室何能出栋梁？

未遇孙阳莫断肠，人生挫折应坚强。
金猴不畏丹炉火，泥里灵珠总发光。

以红间绿强弓射，吴艇蜀艘皆要涛。
叹气总言无汗血，此君是否九方皋？

吹嘘恶竹栋梁材，大厦危倾百姓哀。
病树又封木居士，不知何日复遭灾。

香梅傲骨不张扬,小丑芝麻变太阳。
人世从来多怪事,傻看山雀忽成凰。

逛上海书市
1996.8

书海畅游何处边,浪花朵朵润心田。
求知无限人生短,撷取精华数十篇。

桂花
1996.9

金枝藏绿叶,独秀不张扬。
秋爽观光客,归来满袖香。

炒股图
1997·3

西伴东邻日聚厅,天南地北股经评。
大娘笑讲连环计,老伯捶胸走麦城。

看香港回归电视直播有感
1997.7

香江半夜国旗扬，儿女回归聚一堂。
风雨百年今逢喜，明珠璀璨耀东方。

慰问病困职工
1998.1

这家灾病那家贫，泪水相迎诉说因。
党性良知皆嘱我，不忘风雨难中人。

蓉城叹大学学友归隐佛门
1998.4

多载寒窗苦，几回科海痴。
欲听离别事，却说悟禅迟。

春之歌（八首）
1999.4

梅瘦枝头尚有香，<u>丝丝细雨刺肌凉</u>。

春雷一响冰霜尽，万水千山换彩装。

桃红柳绿又逢春，燕舞莺歌万象新。
快乐东风频送暖，往来俱是踏青人。

春风袅袅不知闲，撒下彩花妆翠栏。
香沁幽房人似醉，披衣月下独痴看。

听雨听风听鸟啼，看山看水看花姿。
东君约我填春曲，找遍华章哪有词？

草绿山坡水涨溪，田蛙合唱杜鹃啼。
春耕老汉扬鞭喝，日暮归来满脸泥。

红黄紫白竞相开，风雨无情几度摧。
榆荚杨花穷暗喜，狂飞乱舞到窗台。

陌头蜂蝶竞争芬，怨女深闺嗟世尘。
风雨一场惊醒梦，出门哪有看花人。

残英流落满江隈，去意春光唤不回。
书海遨游明月夜，忽于心底又春来。

我驻南使馆遭袭感赋
1999.5

几枚导弹露真凶，一句谎言敲警钟。

舜日勿忘磨利剑，任时变幻可从容。

山村初夏
1999. 6

江南初夏雨霏霏，难得天晴又湿衣。
梅子枇杷香扑面，匆匆燕子暮才归。

港澳回归感赋
1999. 12

莲花又接紫荆开，尽是伟人亲手栽。
笑眼梦中频落泪，高山兄妹几时回？

新千年（二首）
2000. 1

千禧四海同，一夜尽春风。
莫说天堂美，神州色更浓。

千年等一回，能不笑颜开？
愁望天空洞，女娲请快来。

无题
2001. 7

风雨同舟克万难,节衣缩食共擎天。
桥过不觉回头看,兄弟何由两样钱。

有思
2001. 7

一木难撑百尺楼,红花绿叶共枝头。
团队同心成万事,谁能沧海独遨游?

中秋望月
2002. 9

咏月华章动古今,每逢秋节倍传吟。
我无睿藻比苏李,枉负婵娟一片心。

赞乒乓球活动
2003·3

闲来学打球,一练便难收。

推削弧拉转，不知尘世忧。

斥霸权
2003·3

反恐攻阿理不通，又开伊战妄称雄。
一强独霸无宁日，多极方能世界同。

战非典
2003.5

一毒春来妄逞狂，谈"烧"变色世惊慌。
道妖斗智无穷日，总有高人克敌方。

夏夜
2003.8

夜半未能寐，出门街上行。
清风何处有？明月静无声。

三峡工程赋
2003.8

一坝横空控急流，防洪发电百年谋。
巫山神女惊回首，喜见平湖不尽舟。

戏题老友
2003.8

沧海遨游不系舟，当年豪气哪知愁。
一心泡在荒礁里，不悔光身到白头。

猎人与狼
2003.10

夜夜平安梦也香，谁知猎户打狼忙。
猎人若与狼同舞，多少生灵冤死伤。

退休感怀（二首）
2004.2

数十年来甘苦尝，是非曲直任评详。

虽身难比昆山玉，冬去春来总发光。

岁月悠悠碌碌行，车停到站一身轻。
行囊空瘪君休笑，夜夜香甜睡到明。

天伦之乐
2004.7

喜笑孙娃背上骑，扬鞭孙女后头追。
黄莺犹羡人间乐，时舞时歌在绿枝。

向日葵
2005.7

傲立田头正气昂，金盘黛玉溢清芳。
此生不似墙头草，一片痴心总向阳。

赠大学新生
2005.9

笑脸张张注册忙，青春遐想梦甜香。
忠言一句须牢记，治学为人两不忘。

咏无花果
2005.9

不以花招客，香甜果诱人。
浮华喧闹市，此物最平民。

赞雪梅
2006.1

寒风一夜白枝头，缕缕清香解百忧。
寻遍众花皆不在，唯君风骨世间留。

看春晚节目有思
2006.2

年年春晚貌相同，放眼神州走出笼。
莫道深山无宝玉，奇才多在布衣中。

七夕
2007.8

飞星夜夜隔团圆，今夕重逢等一年。

灵鹊爱心当可颂，至今天帝却超然。

重阳感怀（二首）
2007. 10

湖光山色两相融，雁字悠悠掠碧空。
正是登高好时节，雷峰塔映夕阳红。

万山夕照秋风爽，鸟瞰西湖味不同。
家暖不知年岁老，九天云外笑声融。

注：应浙江省国防工会之邀在杭州登高。

贺中国首颗探月卫星
2007. 10

凝神电视百街空，喜送嫦娥探月宫。
漫漫星河长路险，心中默默祝成功。

赏梅
2008. 2

银装素裹百花眠，旷野萧疏刺骨寒。
莫怨天公无爱意，红梅偏耐雪中看。

农民工（二首）
2008.2

数九肌肤裂，三伏蒸笼热。
心血化高楼，城美我也悦。

年终归心切，暴雪车船绝。
异乡勤问寒，融融过春节。

汶川"5.12"大地震（二首）
2008.5

山崩地裂霎时间，美好家园浪上颠。
百里废墟悲忍看，生灵数万忽长眠。

汶川悲剧世人牵，千万军民战四川。
抢险救人时不待，壮歌曲曲扣心弦。

空中戏作
2008.5

借机直上彩云边，万丈豪情喜梦圆。
两耳全无窗下事，一心又想更高天。

北京奥运（三首）
2008.8

百年三问忆先贤，今夜京城梦已圆。
画卷恢宏惊世界，五洲朋友乐无眠。

奥运家门壮士雄，披荆斩棘势如风。
红旗猎猎英姿显，不负几年磨剑功。

硬件堪称世一流，运筹服务满堂优。
北京福地佳音奏，友谊情深永驻留。

花与松
2008.9

儿女花虽艳，须臾已尽萎。
青松长不老，雪压更雄姿。

遇事有思
2008.9

三夫成虎是非遮，几阵阴风可落花。
要炼孙猴金火眼，一身正气斥妖邪。

神七感怀
2008.9

星空漫步莫言迟,神七群英振国威。
试问环球多少国,几家能摘彩云归?

中秋夜
2008.9

举觞围坐乐相融,可惜云烟锁玉宫。
我欲飞空把痕洗,普天今夜月圆中。

大学劝学篇(三首)
2008.9

志远可知天地大,业专能测海湖深。
人生规划须提早,进学途中莫二心。

一生涉水过千山,白发红颜咫尺间。
正是春光明媚日,根基夯实待登攀。

熟读深思纸上菁,人生万事贵躬行。
创新恰似秋之实,没有春华结不成。

看房展
2008. 10

万千广厦立华都,这片清幽那栋舒。
寒士摸囊空自叹,而今馋看却难居。

赠某学生
2009 · 3

终南无捷径,学海道无穷。
虽具天资好,仍须笨拙功。

诗恋(四首)
2009

今世诗缘解不开,桑麻史册细敲裁。
风风雨雨无穷日,梦里常常佳句来。

乐悲喜怒莫窝心,常与骚人共唱吟。
一曲新词一杯酒,天涯处处有知音。

万水千山总是情,摘星揽月苦中行。
力衰莫道桑榆晚,老骥嘶鸣不为名。

诗词格律是琴弦，多彩生活续万篇。
不老诗心情不断，拈来曲曲尽天然。

留守村妇吟（八首）
2009.10

又到上元年尽时，夜深默默理征衣。
无情相送多情泪，痴看夫君隐翠微。

一日操劳暮鸟啼，爱人来电到空闺。
含情欲说公婆病，话到嘴边忙改题。

秋风冰簟夜难眠，桂魄清光洒木栏。
叹望双星隔银汉，阶前白露湿衣冠。

昧旦晨兴稼穑忙，勤操家务梦中香。
幼儿昨夜高烧急，悔让夫君到异乡。

雁去溪边看落晖，悔迟寄送御寒衣。
依稀梦里鬓容改，夜半惊身拨手机。

喜报佳音几大箩，农家看病报销多。
种田纳税成前事，乐得公婆常对歌。

邻居阿蛋打工归，建起厂房还缺师。

说好邀君来力助，明年不用到天涯。

喜等老公今返家，从晨忙到日西斜。
多情电话频相问，羞学伊人献一花。

缅怀方志敏
2009.10

统率千军救世民，安危总把九州亲。
此生誓用头颅血，换取开天主义真。

夕阳颂
2009.12

夕阳虽说近黄昏，光彩斑斓性更温。
看景一天君应记，此时山水最销魂。

除夕
2010.2

多姿烟竹喜迎新，飞雪牛年舞到寅。
春晚大餐歌盛世，吉祥短信胜金银。

新春图
2010.2

街满红灯福到家，禾城无处不飞花。
情人巧遇新春虎，孝老甜甜乐爸妈。

社会乱象有思（二首）
2010·3

敢踢假球频不仁，心中只有孔方亲。
球迷不解惊相问，裁判莫非同利人。

红绿包装面貌新，无良媒体又吹神。
光天化日妖魔舞，苦了梦中多少人。

题少年（五首）
2010.11

骄娃

阿宝自豪生在城，见多识广总骄情。
踏青一到农田里，韭菜麦苗分不清。

娇娃

羡人峭壁健如飞，公子家中独自悲。
父母天天夸宝贝，为何给我一身肥。

混娃

刚上公交几学童，抢争座位更揶翁。
我们劳累书包重，你老闲玩不出工。

山娃

晨放牛羊晚护瓜，山村孩子早当家。
学科优秀操行好，邻里老师无不夸。

乖娃

久在书堆总觉空，假期随父访工农。
常思甜梦志高远，衣食不嫌家里穷。

观《包青天》剧感赋
2010. 11

一代青天黑老包，廉明铁面德威高。
而今胆大唯蝇虎，欲借先师一铡刀。

兔年迎春
2011. 2

虎啸深林去，蟾宫玉兔来。

故乡花万树，惊问是谁栽。

红歌颂
2011. 2

红歌曲曲壮神州，四海五湖齐醉眸。
万缕春风情不断，南湖画舫是源头。

富春山居图合展感赋
2011. 8

谁比山居命运艰，更遭身异两熬煎。
东风有幸拂重雾，海峡悲欣梦复圆。

春日（二首）
2012·3

日暖春来早，园花格外红。
爷孙相对坐，神聚说雷锋。

草嫩花争发，山幽野水鸣。
何须听布谷，万户已春耕。

题京工浙江校友会成立
2012.5

相聚西湖四月天,青丝白发忆无眠。
莫言相见不曾识,校友一提心自连。

赞神九女航天员
2012.6

飞天神女揽星河,破雾千重奏凯歌。
万古中华书第一,刘洋岂比苦嫦娥?

赞蛟龙探海
2012.6

大海沟深路八千,波涛凶险万重关。
英雄偏向龙潭闯,捉鳖归来若等闲。

壬辰秋日杂咏(二首)
2012.9

恶风钓岛起波澜,大海含悲冷眼看。

两岸心连同怒吼，主权不让一泥丸。

辽宁劈浪海门湾，鹰跃中华第一船。
神盾利矛频亮相，尧天岂是百年前？

赞王亚平天地授课
2013.6

几回神十接天宫，敢把课堂搬太空。
最是玫瑰芳蕊绽，大书精彩碧霄中。

病中吟（四首）
2014.7

一入医门似楚囚，但凭宰割梦中游。
醒来惊触心还健，残烛仍能喜怒忧。

雨打风鸣入耳频，难眠忍痛欲翻身。
不知今夜环球上，多少煎熬同命人？

吃喝撒拉全靠人，有家陪护慰心神。
一生百载知何贵？淡饭粗茶铁骨身。

少年意气斥方遒，病老常言万事休。
我赞桑榆无限好，尧天红叶足淹留。

猴年说猴
2016.2

护主心诚不计年，金睛善辨鬼妖仙。
风吹草动尘埃起，挥棒长空重又妍。

雪霁有思
2018.1

添衣愁冻脸，移步畏溜途。
鲁甸冰花仔，今来上学无？

丁酉除夕（二首）
2018.2

欢聚儿孙福，安康胜万财。
鸡声寒已去，犬报媚春来。

年味有多浓，湖山尽染红。
杯醇起乡恋，微信忽相通。

茶说四绝句
2018. 10

寒尽东风满地花,忽惊友叩老夫家。
清香一缕随门入,原是明前龙井茶。

无芽有水不成茶,好水方能配好茶。
苏子访禅煎茗处,余香犹湿塔前花。

碧螺龙井透肌凉,普洱乌龙瘦脂肠。
四季骚人吟不尽,一杯玉露一诗筐。

杯中鲜翠惹人怜,满屋清香淡淡烟。
挚友掏心相对坐,尘埃洗尽自天然。

年末喜雪(二首)
2018. 12

昨日骚朋聚满堂,欲搜丽句觉心慌。
归途忽见梨花舞,信手偷来献一章。

晓起惊呼白了巅,鹅毛片片漫凝烟。
咔嚓一张辞岁照,山河作证又丰年。

久雨见晴戏作
2019·3

雨暗江南冬到春,百年老树费思因。
朦胧晓起云开眼,羞涩微阳频欠身。

亲历首都国庆
1963.10

百万人流汇广场,长街十里彩旗扬。
放歌欢舞民心共,跃马腾龙国运昌。
领袖频频挥巨手,群英队队颂朝阳。
回望红海蓝天上,飞鸽氢球喜竞翔。

暑假下乡
1964.8

暑假炎炎度日长,师生应召下乡忙。
这边薯地刚除草,那里禾田又护秧。
问苦访贫听社史,轻声笑语话家常。
京郊十日多风采,体壮神怡睡梦香。

颂我国首颗卫星上天
1970. 4

碧天千里外，忽有一星红。
广宇迎新客，嫦娥舞月宫。
魔招终有限，道变更无穷。
华夏英豪志，时来游太空。

悼朱德委员长
1976. 7

昨夜凄风传噩耗，山河悲泣泪涟涟。
周朱首义红旗展，湘赣会师星火燃。
逐鹿驱倭功盖世，爱民护党德高天。
君今含笑九泉下，浩气常同日月旋。

悼毛主席
1976. 9

惊陨巨星天落泪，伟人一去地生悲。
千秋宏业开新宇，四卷雄文成导师。
奴隶翻身方吐气，巨龙腾雾正扬眉。
航船失舵知何去，不信江山会改旗。

红梅赞
1977.1

菊已凋零桃未芳,山边绿萼缀红妆。
冲寒溪水扶疏影,待雪枝丫绕暗香。
霜雀翅收惊自语,路人魂断静端详。
莫非原是瑶台种,入世报春方落荒。

在京瞻周总理遗物有感
1977.9

开天辟地破难题,四化宏图理万机。
两袖清风民致富,一身正气国扬威。
胸如大海千川纳,功似高山万世辉。
忍辱伟人谁可解,今瞻遗物泪沾衣。

咏竹
1986.8

春雷解箨绿枝抽,转眼荫浓铺满丘。
雪压竿竿皆峻节,霜欺叶叶尽风流。
汗青可载千秋史,排筏能成万里舟。
习静常来会知友,一亲哪有世间愁。

中秋望月
1995.9

中天悬玉镜,万里去埃尘。
把酒论圆缺,吟诗叹富贫。
暑从今夜尽,地是故乡亲。
好月不常在,相看泪湿巾。

咏松
1998.8

根扎悬崖屹九天,乱云飞渡若悠闲。
经冬霜剑针犹翠,遍体鳞伤骨愈坚。
贞卓聚来寒岁友,秀姿羞煞丽花颜。
一从颂雅评章后,多少骚人续墨篇。

六十抒怀
2004.2

年华似水梦中流,回首平生意未休。
寂寂山娃逢雨露,茫茫三线锻戈钩。
甘做孺牛亲大地,学裁韵句醉孤楼。
喜看后浪推前浪,正可闲来四海游。

秋日抒怀
2008.10

莫叹人生快古稀,此心更比少年痴。
苦吟平仄常抒志,甘育李桃穷吐丝。
湖海山川尽寻乐,风霜雨雪莫生悲。
秋光无限夕阳好,正是天伦享乐时。

玉树之痛
2010.4

汶川伤未愈,玉树又遭创。
暖暖家园毁,亲亲父老亡。
救灾千里急,抢险万军忙。
逝者当安息,劫生应自强。

抗美援朝六十周年感赋
2010.10

记得当年逐虎狼,雄师飞渡气昂昂。
三年征战惊寰宇,一剑封喉壮国防。
誓为弟兄张正义,岂由魔鬼逞凶狂。
援朝将士今何在?多想尊前敬一觞。

有感各国办孔子学院
2010. 11

奎星东降世，劫后又逢时。
论语播天下，环球称圣师。
杏坛争设早，弟子恐来迟。
莫管何肤色，声声友谊诗。

辛亥百年祭
2011. 9

武昌枪响日，帝制寿终时。
外患山河碎，内忧家国悲。
身翻动天地，龙举仗镰锤。
百载怀先哲，尧年你可知？

咏菊暨贺第四届中国菊花精品展
2011. 11

一夜悄悄白帝来，东篱盛会绝尘埃。
枝枝翠色朝霜立，朵朵寒香带露开。
傲世孤标何寂寞，知音骚客任徘徊。
试邀朋侣同评品，莫负秋光醉一杯。

四季咏（四首）

2011. 12

春

一从大地起惊雷，万物苏醒笑眼开。
垂柳吐芽莺燕语，红花含露蝶蜂来。
耕云老汉踏歌去，拾翠村姑到暮回。
最是三春天日好，亲山抱水莫徘徊。

夏

曦轮长夏挂中天，大地难逃暑气煎。
时雨有情滋五谷，清风无力到三山。
池边小草身先瘦，崖上苍松色更鲜。
莫道人生多苦短，笑将冷热作休闲。

秋

暑尽初惊萧瑟风，满园金菊落梧桐。
寒蝉阅世哀残月，旅雁思乡寄碧空。
泉溉泥封千实熟，霜欺雨洗万山红。
欲穷老眼寻高处，不意悄然融画中。

冬

帘外冬声渐作威，斜阳默默暖寒枝。
中庭残菊傲刀剑，满地梨花绝燕鹂。
游子备囊思梓切，慈娘扫屋盼儿归。
东西南北人潮涌，又是一年圆梦时。

读杜甫诗文偶作
2012.6

千秋灵气驻,诗圣耀山川。
故国一生系,华章万口传。
明廉开盛世,忧患出英贤。
试问风骚友,谁人敢越巅?

龙腾
2012.10

曾经雄四海,久蛰被妖欺。
幸遇南湖水,方醒长夜时。
大洋从跳跃,霄汉任腾驰。
犬吠枉费力,神州年愈奇。

寻梅
2012.12

雪霁西风烈,忽闻一缕香。
冲寒觅芬迹,感暖落霞光。
绿萼春难辨,红葩蝶未翔。
谁怜孤寂种,今又入诗囊。

寄三沙
2013.7

南疆何处边？九段水山连。
代代渔舟苦，颗颗珍宝妍。
谁言无盗寇，剑砺扫狼烟。
何日三沙聚，中秋看月圆。

七十抒怀
2013.2

难得人生独自闲，悠然健体又诗笺。
忧思不为粮油贵，豪兴常因湖海妍。
无欲安流山涧水，有营多觉雾霾天。
旁人休笑无心肺，昨梦灾区夜未眠。

早春感怀
2014·3

冬残惜梅瘦，雨久念天晴。
日出阴霾净，花开倦眼明。
春妍人共赏，计早梦方成。
自笑一闲老，坐听时鸟鸣。

清明
2014·3

陌上听莺语，河干数柳鞭。
刚醒寒食酒，又见杏花天。
有客皆思土，无人不祭先。
风和好时节，生逝两欣然。

水危机
2014.5

自古山湖总美谈，而今因水困江南。
欲拿筷子鱼疑毒，为抱金娃波不蓝。
莫怪天公无美意，应悲地主太贪婪。
生存所赖运河母，不复清流誓不甘。

秋思
2014.10

一夜霜风急未休，蛩哀桐落已知秋。
莫怜末路蝇营利，应幸深山虎变囚。
雨洗阴霾天地净，窗临晓色月星柔。
何能化作云边雁，频看人间硕果收。

互联网杂感
2014.10

屏前览今古,淘宝若家邻。
路上低头族,室中游戏神。
慈娘渐疏远,Q友愈相亲。
奇妙互联网,喜忧多少人?

有感新丝路
2014.11

妖孽掀风何所惧,高人谈笑动知音。
互通万里光明路,同结千邦友谊心。
致富图强无彼此,御寒取暖共衣衾。
优谐一曲谁能解?智者争相和众吟。

人生戏笔
2014.11

人世茫茫一局棋,那堪胜负互猜疑。
颜开故友相逢夜,肠断同仁背叛时。
强吏有权常枉法,书生无用漫嗟诗。
归来思慕朱陶乐,多是苏醒已太迟。

清明得梦思英烈
2015.4

昨夜难眠泪湿巾，英魂托梦寄乡亲。
头颅一掷缘驱寇，肝胆双呈为救民。
尤愤东邪常弄鬼，岂容钓岛再蒙尘？
思贤默向丰碑立，承志擎旗多少人！

冬至
2015.12

一年冬又至，时序总匆忙。
往日鸿痕渺，今宵睡梦长。
酣酣心似水，碌碌鬓如霜。
牖漏凄风疾，忽惊梅腊香。

雪冻日
2016.1

掀瓦北风急，梨花舞沃洲。
原驰千蜡象，玉饰万琼楼。
红蕊几时发，白翁何事忧。
阳生冰欲化，年旺待红猴。

春节
2016.2

举杯不舍送羔羊,大圣归来喜满堂。
一树红梅迎晓雪,千门青帝试春妆。
颜开左右皆多福,眉锁渔樵未小康。
白发难操天下事,闲吟新句自寻芳。

闻南海仲裁闹剧即句
2016.7

域外阴风起,南天闹鬼灾。
仆从随主舞,骗子为钱来。
臭纸众人弃,孤家独自哀。
三沙明月夜,渔唱钓鱼台。

题 G20 杭州峰会
2016.9

政要万邦来手牵,西湖问计欲同船。
钱潮赞曲夹欢曲,都会新篇续旧篇。
秋桂三潭方月照,断桥四海已丝连。
一场盛宴虽将过,余韵环球无尽年。

贺中秋夜天宫二号升空
2016. 9

一年一度中秋夜,今度神州大不同。
雨锁江南人仰首,月悬塞北箭凌空。
驱雷河汉添新友,舒袖嫦娥舞碧宫。
莫问世间圆缺事,临门双喜意无穷。

歼20珠海航展首秀
2016. 11

万国银鹰试比姿,惊鸿一瞥最称奇。
冲天驭电遁踪影,掠地拖雷慑虎魑。
识鬼精于悟空眼,隐形羞煞猛禽颐。
中华莫说无神器,出鞘金湾岂可疑!

迎新感怀
2017. 1

国泰民安闲老身,城乡车堵贺年人。
绒衣温暖何须尺,酒店团圆不费神。
猴笑刷屏辞旧岁,鸡歌禁炮过新春。
感时难寐犹思梦,梅逗寒门疑客宾。

迎十九大
2017.5

每逢盛会仰红船，百感交生浪拍天。
驱夜挥戈谁伏虎，扬旗兴国我知年。
难忘大业南湖启，赖有中流北斗悬。
寄语开来新一代，初心不改铸新篇。

丁酉端午
2017.5

少小只知桃粽鲜，老生感慨几无眠。
低眉默念怀先哲，翘首欢呼沐舜天。
不胜驱邪蒲酒醉，但祈来日火榴妍。
浴芳拄杖斜阳里，闲听归人说竞船。

朱日和阅兵感赋
2017.7

沙场列阵尽英才，统帅阅兵声万雷。
卫域雄姿钢铁铸，降妖重器地空来。
军旗猎猎党旗引，剑气堂堂血气培。
九十年前红义举，长城历雨固难摧。

漫兴
2017.12

小区有味尽天然,身退闲居不计年。
客少寒门常自闭,友多微信互相牵。
四时山水随心舞,一卷诗书伴枕眠。
莫道鬓衰无再密,疏花老树也争妍。

小园樱桃树
2018.4

羞与邻居争胜强,任风任雨任骄阳。
花繁不拒蜜蜂顾,果熟时邀春鸟尝。
露冷无忧甘寂寞,叶肥有梦送阴凉。
茶余饭后常来此,细语同君论短长。

无题
2018.4

逢时水暖柳生芽,去是冰寒风雨加。
曾约横塘朝饮露,常依阆苑暮看霞。
夜吟伤酒春宵梦,晓望笼烟昨日花。
水远山高归何处,殷勤青鸟可知家?

马克思诞辰二百周年有怀
2018.5

光辉思想耀长空,二百年来势如虹。
真理无情摧腐恶,龙乡有意敬豪雄。
扬旗远瞩立峰上,聚力腾飞圆梦中。
凡鸟叽喳欲何意,丰碑早耸地球东。

老农欢歌
2018.6

世代穷中过,今朝登九天。
种田无赋税,养老有金钱。
山水游人慕,果蔬超市鲜。
触屏通外界,不敢忆当年。

尧年忆改革
2018.7

当年迷雾锁层楼,幸有阳光可解忧。
改革艰难凭定力,风云变幻赖红舟。
辛勤地上奇花发,智慧园中硕果收。
万里江天非旧貌,麻姑不信几回头。

贺省诗联学会成立三十周年
2018.9

高举吟旗夏复秋，满园硕果喜心头。
越山引凤留风雅，浙水腾龙记乐忧。
欣看红黄花竞发，醉听雏老鸟欢讴。
称觞贺韵群英聚，应谢先贤鼓与谋。

有感首个中国农民丰收节
2018.10

自古农民做马牛，今朝有节话丰收。
青山献出平安果，绿水迎来幸福舟。
感地谢天歌一曲，邀亲聚友酒千筹。
老夫也趁金风爽，南北乡村看不休。

贺港珠澳大桥通车
2018.10

谋划精雕十六年，通途同庆舞翩跹。
龙腾宫殿气何壮，虹起伶仃谁比妍。
三地心连圆国梦，一湾区屹展宏篇。
今看奇迹急相问，多少英雄夜未眠。

大雪日喜雪
2018. 12

几夜北风冽,梨花洒满天。
山川霾雾散,老少羽绒穿。
素裹才三日,丰收又一年。
凝窗诗未熟,梅蕊似开眼。

嫦娥四号
2019. 1

月背娇姿素未知,千秋梦想我来迟。
险关长路鹊桥引,火眼金身华夏为。
今日五洲齐翘首,他乡万里独扬眉。
一从重担挑肩上,不负亲人嘱托时。

戊戌除夕逢立春
2019. 2

年味丝丝绕,春驱岁末寒。
团圆三盏醉,忆旧四邻欢。
福到丁财旺,业兴家国安。
迎新欲寻句,莺语忽穿栏。

春分漫吟
2019·3

桃李初开草未匀,时来细雨浥浮尘。
暖寒争逐九州地,昼夜均分三月春。
飞舞燕归犹恋旧,催耕蛙鼓不辞辛。
顽童尽顾风筝乐,谁记一旁牵线人。

七十五初度
2019

岁月无情似水流,沧桑胜事总心头。
胸中块垒融冰雪,梦里童真学鸟猴。
看景多因花果乐,吟诗常为港台忧。
人生苦短何须叹,一缕余晖自醉眸。

读《钱学森传》有感
2019.6

归心破雾欲何求,报国无须找理由。
施策技科肩将帅,凌云星弹改春秋。
铮铮铁骨高山仰,耿耿丹心大海讴。
今读知君天下责,书生岂为稻粱谋。

庆祝建国七十周年
2019. 9

站起人民不畏艰，五星旗下聚英贤。
龙腾破雾重重险，狮醒扬威处处妍。
贫弱只留青史忆，富强犹把世人牵。
于今海晏风清日，默向丰碑忆万千。

清平乐·首都国庆观礼
1966. 10

红旗漫卷，百业英姿展。国庆天安门盛典，万岁呼声不断。
喜看金水银桥，人欢百族如潮。领袖与民同乐，歌声直上云霄。

玉楼春·送别
1988. 1

  寒风萧瑟伊人去，别宴长亭多少语。暗垂泪水送征轮，雾障重重哪有路？
  凭栏遥望天涯处，独自举杯愁更苦。夜深依枕梦中寻，窗外恼人风夹雨。

踏莎行·上海送儿求学
1990.9

夜去人喧，风停雨歇，列车静静铃催发。临窗执手忽心酸，千言欲语喉凝噎。

乳燕离窝，雏莺出叶，翅娇能否经霜雪？渐行渐远莫凭栏，雄鹰自有归时节。

江城子·在兵总干部考核组工作感赋
1998.4

下车伊始未曾停，职工评，各方听。可否扛旗，更要不同声。去伪存真民意重，当伯乐，选贤英。

为民俯首应心诚，讲廉明，不虚名。风雨同舟，掌舵步闲庭。引领创新谋发展，肩上担，实非轻。

临江仙·元夕
2000

火树银花星月夜，街头潮涌人欢。吹箫击鼓舞翩跹。彩灯千百态，谜解乐无眠。

忆昔十年"文革"乱，元宵只在心间。一杯浊酒对青天。如今春意闹，可惜已苍颜。

蝶恋花·咏蝉
2001.9

　　烈日炎炎溪畔树，呐喊声声，不管风和雨。后有螳螂全不顾，无私无畏忠言吐。

　　夜宿高枝朝饮露，病翼枯身，怎耐秋寒苦。振翅欲飞无力举，有谁共伴黄昏路？

蝶恋花·有思
2002.10

　　好大一家无彼此，尽展才华，不计名和利。赤胆忠心家国系，和谐全仗公平赐。

　　一觉醒来全变味，小辈倾权，不顾情和义。中饱私囊还有理，大哥贫弱空流泪。

菩萨蛮·春思
2003.4

　　池塘水绿东风暖，芳郊小径阴阴现。到处絮蒙蒙，杏花不见踪。

　　记得当年雪，春早匆匆别。无奈未淹留，相思梦里头。

西江月·咏兰
2003. 6

神韵远播尘世，柔情独倚楼台。幽香穿帘淡花开，更有婆娑翠带。
明月清风有伴，琼枝疏影无埃。纤身虽否栋梁材，黔首骚人最爱。

点绛唇·孤雁
2003. 10

昨夜霜风，孤栖南浦愁多少？失群无靠。欲举叹翅老。
遥望云天，惊见同飞鸟。声声号。此情难表。谁说知音杳？

浣溪沙·菊颂
2003. 10

万姿千色绝代妍，萧疏月下影团团。冷香隐隐透栊帘。
不与牡丹争富贵，甘居东篱度贫寒。风刀霜剑自悠闲。

鹊桥仙·南京城楼上
2006·3

城垣欢聚，故人相约，淡水杯杯情切。苍松闲鹤一相逢，有多少、知心话说。

六朝旧事，金陵残梦，无数悲欢圆缺。休嗟壮志付东流，看家暖、何愁风雪？

注：浙江省国防工会举行工会老干部座谈会感赋。

浪淘沙·应省国防工会之邀在杭聚会
2007.10

今岁又重阳，秋实凝香。登高遥望古天堂。山色湖光如画里，潮涌钱江。

挚友话沧桑，哪有愁肠？莫辞胜日醉三觞。一别何年同此会，老泪汪汪。

蝶恋花·老来乐
2008·3

浩劫十年难一笑，几度操劳，舜甸尧天到。不觉鬓霜身渐老，人生苦短如花草。

日子甜甜偷着乐，万事随缘，何必寻烦恼。裁句打球山水抱，神仙哪有愚翁好？

蝶恋花·题大学毕业生
2009.6

莺去花残风雨骤，旷野溪边，蜂蝶和春逗。痴恋留春春问柳，满天飞絮无开口。

几度青春师护佑，聚首柴楼，话别同窗友。欲展宏图愁翅幼，校园浪漫能重有？

破阵子·读《彭德怀自述》
2009.10

起义平江惊世，横刀跃马扬威。逐鹿中原频捷报，敢叫强虏举白旗。功勋万古垂。

身系苍生疾苦，情牵赤县安危。受难蒙冤心坦荡，立地擎天志不移。英名日月齐。

沁园春·国庆六十周年阅兵
2009.10

旭日东升，百姓欢歌，统帅阅兵。望长安道上，金戈铁马；穿苍云里，天网雄鹰。战略东风，巡航长剑，威武雄师无敌名。看沧海，有中华神盾，巨浪长缨。

一轮甲子征程，伟壮举，风风雨雨行。历一穷二白，自强不息；内忧外患，众志成城。强国宏图，富民良策，几代英贤探未停。旗开处，正和平崛起，世界叹惊！

蝶恋花·赏荷
2010.7

几亩莲池尘不染，圆翠亭亭，倩影斑斑点。欲睹红颜腮半掩，嫣然一笑风姿展。

独坐痴痴初月现，沉醉低吟，冷落凌波怨。习习清风轻拂面，冷香缕缕情难断。

一剪梅·重九
2010.10

对酒当歌何自愁，细雨风来，落叶江流。老身不似去年时。回首天涯，往事心头。

旧友惊呼好个秋，地上黄花，桥下兰舟。龙山落帽尽情欢。才唱轻歌，又上高楼。

秋波媚·看电视偶思
2010.11

靓女英男喜乐悲，泪眼总相陪。几张歌集，二三影视，感慨成堆。
工农兵技无名辈，多少玉生辉。暑寒风雨，擎天播爱，那顾闲吹。

蝶恋花·汽车
2010.11

万国城乡多少路，滚滚车流，不管晴和雨。办事上班潇洒去，遥遥千里来朝暮。
便了交通人又苦，刺耳声中，烟雾随风舞。臭氧窟窿天亦怒，生存发展何权取？

诉衷情·豪门少妇
2010.12

徘徊芳径上华楼，金玉耀双眸。衣伸手饭张口，网上伴春秋。
思学友，击中流，业方遒。叹年虚度，夜倚空闺，泪湿貂裘。

卜算子·李娜法网夺冠
2011.6

华夏一金花,今夜英姿爽。铁臂频挥大将风,万里欢声浪。

圆梦网球场,高考题金榜。但愿须眉亦此时,好运连连降。

鹧鸪天·大旱
2011.6

浊浪滔滔几断流,波光万顷忽泥沟,悲看精卫曾填海,难道羲和儿复仇?

思诺亚,造方舟,世间万物共春秋。而今百孔千疮漏,生息家园谁不忧?

破阵子·天宫一号
2011.9

霄汉刚迎神客,长征又托天宫。河鼓七襄心暗喜,姐妹嫦娥露笑容。何时相约逢?

不日三舟对接,他年一屋邀穹。华夏英豪多壮志,举世争望中国龙。星河点点红。

秋波媚·老牛自叹

2011. 10

独在空栏度春秋,寂寞泪难收。哈巴小狗,依人翠鸟,时下风流。
当年耕作何荣耀,人赞老黄牛。一身泥水,三餐青草,乐在心头。

西江月·中秋

2012. 9

天上一轮明镜,人间万里清霜。羁人今夜总思乡,痴把蟾盘遥望。
圆缺阴晴有律,悲欢离合无常。相逢一醉又何妨?携手笑谈风浪。

浣溪沙·望雪

2012. 12

昨夜西风冷絮飞,小楼苏醒耀银辉。叽喳喜鹊逗红梅。
小仔呼朋清石径,老翁呵冻钓江隈。思春遥问几时回?

西江月·冬至

2012. 12

天赐琼花兆瑞,地添阳气藏萌。江南处处玉蓬瀛,更有梅魂竹影。

夜里犹思铸剑，镜中空叹挑灯。春光失落梦难成，独把山河高咏。

蝶恋花·踏青
2013·3

小径红稀芳草浅，水涨池塘，柳下初相见。歌韵腰纤蜂蝶羡，缠绵立露东溪畔。

年复一年风又暖，拄杖追游，惊遇当年伴。霜雪无情双鬓染，阳和波皱心头乱。

鹊桥仙·七夕
2013.5

纤纤新月，茫茫银汉，相隔七襄河鼓。鹊桥今夜一相逢，有多少、知心话语。

风摧雪压，山高路远，谁晓人间离苦？孜孜践梦各西东，几顾得、情长儿女？

更漏子·炎夏
2013.8

夏日长，炎似火，纪录百年连破。秋已立，暑难消，何时甘露浇？
田哀裂，鸟飞绝，但见愚公无歇。肤打泡，汗糊眉，梦甜全不知。

西江月·红叶
2013.9

东苑一星流叶，西楼几度飞鸿。鸳鸯湖畔又相逢，连理今生与共。傲立无缘莺蝶，飘零独爱霜风。归途不觉夕阳红，犹做来年甜梦。

临江仙·嫦娥三号
2013.12

万里飞天何险阻，嫦三一路披荆。娇娇玉兔展神能，豪歌飘月上，信步似闲庭。

碧海晴空河汉灿，红旗耀醒群星。吴刚捧酒姐相迎，同呼中国梦，畅叙古今情。

满江红·登高望思
2014.11

如画江山，文明地，代多英杰。中南海，经纶法治，壮心如铁。擒虎拍蝇坚堡垒，率民圆梦规宏业。破重围，丝路铸康谐，千邦悦。

忆往昔，红船发；长征路，多风雪。叹开天辟地，染旗鲜血。探索经年有波折，振兴数秩通玄阙。看今朝，狮醒屹东方，谁能遏？

菩萨蛮·重九
2014. 10

阳和气爽登高处,天光云影蹁跹舞。遍野果初红,千山秋意浓。
美景宜斟酒,得句嬉骚友。归雁动乡愁,如烟往事浮。

菩萨蛮·夜读
2015. 1

不担大任无须汗,小斋夜读心头乱。长啸复轻讴,难消今古愁。
人贵知忧乐,国耻缘贫弱。龙举可期年,遐思一梦甜。

桂枝香·过年
2015. 2

神州万里,正旧历年关,人潮惊世。高铁民航汽运,尽归游子。空巢二老忙年货,念儿孙、乐滋难寐。不愁鱼肉,不愁穿住,只愁情贵。

结彩贴联人道喜,举杯庆团圆,同乐同醉。品茗谈天说梦,漫评央戏。今宵爆竹连新旧,笑吟诗、各各添岁。吉祥如意,国昌家顺,是真年味。

踏莎行·春
2015.4

　　九陌红黄,一湖蓝翠。柔枝燕舞莺歌戏。夜来杏雨枕侵寒,东风忽暖桃花水。

　　卷起梘帘,约来知己。追蜂逐蝶生能几?加杯好酒莫伤春,心留春梦人长喜。

苏幕遮·村夏
2015.8

　　暑阳天,南国地。树上蝉鸣,树下蜻蜓水。稻谷铺金瓜诱醉,火烤田农,汗滴斜阳坠。

　　夜明明,风细细。草内虫声,草外流萤起。蒲扇摇来天下事,不觉星移,一梦甜滋味。

长相思·长征胜利八十周年感赋(三首)
2016.5

　　忆长征,说长征,云压天翻舵手擎。风烟北斗明。
　　山一程,水一程,险境红军马不停。求真藐死生。

　　有担当,敢担当,浊气三山一扫光。人民做主忙。

要兴邦，干兴邦，几代中枢引路航。攻坚斗志昂。

想为民，做为民，今又长征圆梦辛。镰锤负万钧。
不是神，却是神。病树前头万木春。东方屹巨人。

一剪梅·早春
2017·3

南国春龙暖又冰，风逞余威，雨冻残星。秃枝老树露愁容，寂寞山梅，懒散巢莺。

遥见东君忙不停。刚送霜娥，又请群英。一场梦醒日高时，柳长新眉，鱼动浮萍。

行香子·游归
2017.9

南国潮声，大漠驼铃。更多姿，西域风情。闲云野鹤，仙草繁英。恋霞之赤，水之绿，山之青。

细斟清露，兴上高亭。望神州，歌舞升平，千帆竞渡，万木争荣。喜国之强，民之富，梦之馨。

千秋岁·赞改革开放四十周年
2018.8

难忘七八,灾后规宏业。四十载,千回折。求真频改革,开放从头越。红旗举,神州不负先驱血。

大智融冰雪,使命知忧乐。舵手令,航船发。内圆中国梦,外织同心结。新时代,媪翁又焕青春热。

浣溪沙·九日
2018.10

枫落登高野菊黄,无朋送酒自斟茶。一轮初月透肌凉。

怀旧常逢开口笑,思今不悔斗妖忙。人间忧乐为谁狂?

鹧鸪天·元夕逢雨水
2019.2

忆昔玩童闹节嬉,彩灯星月斗芳菲。满堂箫鼓歌同乐,整夜狮龙舞不归。

追往事,叹今时,少儿情趣去难回。谢朋辞友游园约,细雨声中听落梅。

减字木兰花·春
2019·3

东君得意，一夜园红河柳翠。蛙鼓池塘，燕筑巢泥犹带香。
玩童嬉闹，坝上媪翁相媚笑。仕女多情，却怨黄莺催月明。

破阵子·海军七十华诞青岛阅兵
2019.4

统帅一挥巨手，雄师尽展荣光。列阵蛟龙摧雪幕，破雾神鹰掠大洋。惊雷震海疆。

洗尽百年耻辱，磨成今日辉煌。最是万邦来贺舰，共话和平聚一堂。邻谐国运昌。

破阵子·听任正非答记者问
2019.5

强盗煽风弄棒，英雄说理谈天。稳坐高台胸坦荡，挥手轻弹筑梦弦。浪汹若等闲。

立业尊崇诚信，创新直指峰巅。常把忧患心上记，更有备胎闯万关。霜欺花更妍。

忆江南·夏日
2019.7

天欲暮，热浪未阑珊。愁看泳池翻饺子，消炎无路问鸣蝉。凉溢月荷湾。

浣溪沙·咏荷
2019.8

羞女燕支十里香，翠盘高举玉生光。细风摇碎月波长。
蝉噪高枝何得意，君行低调自流芳。小池默默送清凉。

渔家傲·观首都国庆盛典
2019.10

陆海空天谁做主，铁流无敌三军步。百族人民欢乐舞。旗开处，奇花异果多无数。

七十年来风雪雨，喜看穷白成强富。互利共赢千国路。环球顾，龙腾玄阙豺狼惧。

第四篇 04
山水胜迹

游故宫
1965.1

恢宏金殿世无双,更有人间万宝藏。
昔日凤龙栖息处,今朝百姓任评章。

参观武汉中央农运所
1966.10

黑夜沉沉一盏灯,狂飙骤雨育精英。
农民亿万齐声吼,风展红旗赤县明。

寻黄鹤楼
1966.10

寻遍龟蛇不见楼,当年黄鹤哪栖休?
长江日夜思黄鹤,惟看穿梭万里舟。

成都武侯祠感赋
1966.10

三顾茅庐感卧龙,辅君治国立丰功。

可悲后主难扶立,泪洒沙场壮志空。

游杜甫草堂
1966.10

细寻诗圣千年屋,只有清风几翠竹。
信步江干怀伟人,华章不朽重又读。

延安杨家岭
1966.10

窑洞无华门漏风,伟人吃住与民同。
谁知陕北星星火,光照神州一片红。

上海外滩
1968.6

南来北往人潮涌,楼影婷婷日落西。
沐浴江风听细浪,华灯璀璨耀江堤。

游华清池
1969.12

楼殿温汤历世尘,阑干日暖缺佳人。
江山百代兴亡事,试问华清有几因?

骊山捉蒋亭
1969.12

华清深夜弹飞急,寂寞骊山某氏泣。
邻寇蹂躏国危亡,张杨壮举谁能及?

逛豫园
1970.1

小桥九曲接华楼,宋玉玲珑花醉眸。
更有英豪垂史册,洋场十里一明珠。

瞻上海一大会址
1970.1

小小洋楼系国昌,游人指点说沧桑。

当年长夜惊雷起，破碎神州换赤妆。

游拙政园
1971.1

小山曲径隐亭轩，碧水飞虹翠满园。
世外霜风全不觉，画栏独倚送黄昏。

望明妃故里
1982.12

淑女凄凄别故乡，深宫何处表衷肠？
琵琶独奏胡尘里，和曲至今传四方。

瞻八一起义纪念馆
1982.12

洪都半夜响枪声，打出工农子弟兵。
一从周公挥巨手，开天壮举令魔惊。

游明孝陵
1985. 7

群雄逐鹿自兴兵,剪灭诸强建大明。
帝位虽传三百载,空留太祖在南京。

夏日携儿游北海
1985. 7

九龙白塔两相辉,琼岛亭台满翠微。
一叶轻舟嬉碧水,清风不让醉人归。

游福州鼓山
1985. 9

盘道遥听石鼓鸣,灵源深处叹碑林。
闽江一览千舟过,鹤击松亭戏彩云。

谒鉴真纪念堂
1986. 6

东海茫茫几度航,传经弘法寂扶桑。

丰碑高耸民心里，中日友情佳话长。

游北固山
1986.6

风和登北固，惊立大江湾。
俯看千舟过，云轻独自闲。

登石钟山
1987.7

石击涛声远，江湖浪接天。
一峰生紫气，百舸没云烟。

游庐山（三首）
1987.7

数峰拔地煞崔嵬，云雨阴晴瞬息来。
欲识奇山真面目，飞身跃上雾高台。

青莲高唱银河美，苏子惊呼岭雾奇。
现代风云有谁识，匡庐无处不成诗。

谁把光阴比寸金，世人多少梦中吟。

我痴白鹿洞前立，一代乡贤何处寻？

游青城山
1988.4

万缕烟霞漫碧空，依稀道观嵌岩中。
奇山是否天公赐？多羡神仙乐此宫。

咏乐山大佛
1988.4

背靠凌云脚踩涛，千秋稳坐为谁劳？
青山因你增辉色，众佛无颜试比高。

少林寺
1989.4

高僧面壁创禅宗，弟子强身苦练功。
虽在佛门家国系，少林威震南北中。

崂山游（二首）
1989.8

层峦叠嶂势崔嵬，隐约岚光洞府来。
何处幽宫有仙迹，夕阳西下久徘徊。

古树奇峰隐道宫，瑶池胜境立虚空。
求仙方士今何在？唯见银鸥搏浪中。

吴淞口（二首）
1989.8

几天航海正神疲，忽见青黄水浪齐。
遥望天边楼幢幢，客轮已到浦江堤。

直面长江入海流，琴鸣曲和意悠悠。
掀波万里扬清浊，龙口明珠耀九州。

谒中山陵
1989.9

聚贤革命为三民，废帝共和长路辛。
翠柏森森安息地，哀思频见五洲人。

灵隐寺
1990.9

何处飞来小鹫峰，古林苍郁隐禅钟。
不知佛事有多少，尽见游人刹下逢。

夜游西湖
1990.9

画舫悠悠夜正浓，笙歌隐隐月朦胧。
彩泉忽似流星雨，正染湖山蓬岛红。

清西陵
1990.12

永宁山上万姿松，地下相间葬凤龙。
铁柱金砖花宝石，不知害苦几多农。

崇陵
1990.12

百日维新血泪腥，可怜空挂帝王名。

遗臣已乏回天术,夜起狂飙灭大清。

雪中瘦西湖
1991.12

隋堤银柳万千条,飞雪西湖更瘦娇。
借问吟诗何处好,主人遥指五亭桥。

瓜洲渡口
1991.12

扬子津头骤雪封,匆匆过客露愁容。
一船破浪来相渡,喜到江南夜已浓。

梅家坞品茶
1992.5

溪边树下几村姑,摆弄新茶把客呼。
细嫩清香多诱惑,甜甜品下半茶壶。

福建石狮印象
1992.9

店铺琳琅售,巷街商客游。
声声还讨价,个个满提兜。

集美怀陈嘉庚
1992.9

漂洋更念故山河,办学救亡功业多。
不愧华侨名领袖,人民敬重口常歌。

鼓浪屿眺望
1992.9

海中天设一明珠,古木沙滩景色殊。
岩上心沉望宝岛,亲人何日踏归途。

登岳阳楼
1993.4

春到潇湘满地香,倚楼天上阅华章。

君山隐隐风涛里，无数渔舟映夕阳。

访任弼时故居
1993.4

君自湘阴一路来，暴风方显栋梁才。
可怜开国英年逝，今访故居无限哀。

爱晚亭眺望
1993.4

盘道依栏望古城，春风拂得万街青。
伟人曾此江山点，击水高歌出洞庭。

雪窦山张学良囚禁处有思
1993.10

风刀霜剑任摧残，身陷牢笼夜夜天。
国恨家仇无处报，自由重获已残年。

游丰镐房
1993.10

武岭山幽剡水妍,悠悠沧事故居前。
华庭人涌空无主,两岸何年破镜圆?

过山海关
1994.8

万里飞龙出海堤,雄关破雾耀神威。
前朝故事知多少,游客纷纷说是非。

沈阳故宫
1994.8

四殿三宫耀盛京,中原问鼎此谋成。
今看秦汉边关月,犹照辽东一片明。

游镜泊湖(三首)
1994.8

一条银带串明珠,万绿丛中有若无。

数叶轻舟烟雨里,悄然融入化工图。

孤山醉卧戏银河,白石鳜鱼凌碧波。
水转峰回何处路,门开忽见镜中螺。

银河飞泻扑深渊,滚滚雷声脚下旋。
暴雪乱云瓯穴里,抬头惊见彩虹悬。

夏晨牡丹江
1994.8

水岸浣纱女,江中击浪儿。
情歌方曲罢,媚语又相嬉。

题八女投江纪念碑
1994.8

巾帼英姿爽,悲歌泣鬼神。
滔滔江作证,肝胆铸昆仑。

访周恩来在津革命活动纪念馆
1994.9

生于乱世寝难安,自把兴亡命运连。

东渡西寻强国策，真经手握聚众贤。

谒黄陵
1994.10

沮水奔腾滋古柏，祥云瑞气护桥陵。
中华百族人文祖，庇佑江山万代兴。

骊山看秦兵马俑（二首）
1994.11

百战争城灭六雄，中华自此四方同。
千秋功罪谁评说，秦俑吹来研史风。

披甲持刀车马行，千年秦俑见光明。
鬼工神技谁能解？世界奇观万里名。

岳飞墓前
1995.9

报国精忠扫万尘，莫须有罪找谁伸？
英雄自古多磨难，几是昏君几佞臣？

谒重庆烈士陵园
1996.5

群山环抱日西斜,啼泣鹧鸪动蜀巴。
遥想悲歌长夜里,英雄颅换自由花。

望赤壁
1996.5

百尺矶头屹大江,游人指点说周郎。
悠悠往事随涛去,唯见千舟万里航。

鬼城丰都游
1996.5

索命阎王恐怖形,奈何桥上寂无声。
阴曹地府惊回首,原是川东一古城。

过巫峡
1996.5

大江汹涌破山流,无限风光一望收。

神女痴情心不改，依然云雨送行舟。

张飞庙
1996.5

结义桃园屡建功，桥头立马煞威风。
将军罹难因何故？滚滚长江祭鬼雄。

重游岳阳楼
1996.5

游尽巴陵到洞庭，波涛万顷涌江城。
登高遥听潇湘曲，尽是芙蓉开放声。

登蓬莱阁
1996.10

阁上倚栏寻八仙，蜃楼海市在何边？
眺望鸥燕翻飞处，两海茫茫百舸穿。

蓬莱吊戚公
1996. 10

将军威武立丹崖，正气冲天荡寇豺。
今看倭心仍不死，何能疆海绝阴霾？

长岛海滩
1996. 10

悬崖浪击雪飞扬，隐隐雷声越海塘。
最趣沙滩寻彩石，任潮湿透客人裳。

哀趵突泉断喷
1996. 11

泉城觅旧踪，但见一湖空。
沧海何生气，蔫蔫不再雄？

山城夜
1998. 4

银花火树缀江边，千百红流跃谷巅。

世外星河羞比美,人间谁会恋神仙?

黄山飞来石
1998.7

风摇欲坠立虚空,左右形姿各不同。
原是娲神补天石,不知何世落尘中?

黄山夕照
1998.7

雨后千峰一洗空,浪花涌出赤芙蓉。
忽于五海风云动,万象争先染夕红。

黄山观日出
1998.7

翘首光明顶,痴人雾湿头。
忽闻林鸟啭,惊日海中浮。

黄山迎客松
1998.7

扎根岩缝里，不畏雨霜风。
拱手迎宾客，情深不语中。

下新安江
1998.7

辞别黄山下浙江，轻舟破雾画中航。
莺啼未息渔歌起，忽已置身千岛旁。

千岛湖（二首）
1998.7

一壁横空锁大河，琉璃镜上万青螺。
轻舟荡入蓬山路，我共莺鱼逗绿波。

万顷沧江夕照明，娉婷出浴眼波横。
眉峰一聚风姿展，回首顿倾无限情。

威海沉思
1999.8

雾浓风急渡无船,遥望刘公浪上颠。
黄海抗倭曾血战,将亡舰毁是何缘?

旅顺日俄监狱
1999.8

牢笼绞索血斑斑,壮士抛颅志不残。
一读伤心清末史,方知国弱自由难。

夏游西天目
2000.7

一路飞泉伴鸟鸣,荫浓十里画中行。
梵钟指引观光客,各树诸王列队迎。

天目石谷
2000.7

怪石争雄峡谷中,延绵十里气恢宏。

飞流九曲潭深处,激起惊雷荡碧空。

重访少林寺
2000.8

少林道上尽人流,几为参禅几为游?
往日佛门清静地,如今商客满山沟。

游龙门石窟(二首)
2000.8

潺潺伊水阙峰巍,佛像神龛大地稀。
多少匠工千百载,画廊无处不生辉。

禹削龙门万世工,文明高地古今雄。
游人指点历朝迹,尽摄精华彩卷中。

白居易墓
2000.8

锦句天然白话多,乡间老太也能歌。
江山代有追骚客,为吊诗魔问洛河。

洛阳牡丹
2000.8

国色天香绝代姿,一朝慢旨有谁知?
淫权岂可逆天命,花谢花开自有期。

白马寺
2000.8

三藏西游老幼吹,洛阳白马少人知。
真经早取法门旺,华夏释源万古奇。

洛阳黄河桥上叹黄河
2000.8

不见滔滔浪,大河无处寻。
黄沙侵古道,细水惜如金。

华山题记
2000.8

石栈空中挂,芙蓉雾里开。

华巅一池水，万里绝尘埃。

重游华清宫
2000.8

宫池难再古时秋，唯有温汤日夜流。
莫怨太真新授箓，一人天下总该休。

过秦陵
2000.8

眼前荒土草离离，幽殿高耸四野低。
无奈残阳终落去，暮鸦枯树自空啼。

法门寺
2000.8

七迎佛骨表虔诚，宝塔真身谁造成？
盛世秘宫重见日，四方瞻礼国昌平。

乾陵怀古
2000.8

两朝帝宠后宫图,女统江山自古无。
归位梁山千百载,陵碑无字请君涂。

寻太湖源
2001

龙须幽谷细泉流,深树莺啼越野猴。
隐约梵钟云雾里,太湖何处是源头?

黄果树瀑布
2001.8

遥听峡谷滚雷鸣,忽见银河落照明。
飞瀑频掀千嶂雪,水帘洞下路人惊。

苗寨做客
2001.8

美酒杯杯迎客来,银装苗女寨门开。

笙歌邀请竹竿舞，戏笑声中逼上台。

贵阳甲秀楼
2001.8

涵碧潭清水倒流，飞虹托起画中楼。
登高极目春城色，翠树花团海上浮。

题武陵源（三首）
2001.8

裂岩巧叠万千峰，壁顶连霄傲碧松。
百里云山何气壮，人间天上共相融。

金鞭九曲抱山流，仙草奇英满碧沟。
隔距凡尘千里外，蓬莱是否在前头？

绿水青峰日照妍，霎时万谷漫雷烟。
雨中游客惊无语，地狱天堂只隔笺。

缆车游张家界
2001.8

驾雾腾云乐不休，一山更比一山幽。

神仙哪有凡尘恼，可笑人间万户侯。

再访毛主席故居
2001.8

三访韶山意未穷，地灵更有好家风。
改天岂是寻常事，饮水思源念泽东。

漓江行
2002.8

百转千回一叶舟，碧莲玉笋镜中浮。
画廊不尽知何处，莫是星河梦幻游？

榕荫渡口
2002.8

碧树撑天薄雾中，竹排摇荡水淙淙。
人流如织寻三姐，一曲情歌不见踪。

独秀峰
2002.8

平地青螺次第堆,江边一柱独崔嵬。
欲穷天下秀山水,最是夕阳登紫台。

象鼻山
2002.8

姗姗来到两江边,嬉水听涛恋不前。
一难方知人世爱,宁成石象不当仙。

望岱岳
2003·3

云涛深处郁苍黄,凝聚乾坤日月光。
雷击风刀身不垮,擎天万世屹东方。

游中华世纪坛
2003·3

重温历史五千年,灿烂文明一脉传。

圣火迎来新世纪，时来再读振兴篇。

圆明园遗址公园
2003·3

断柱残垣满地荒，百年噩梦恨豺狼。
莫悲家国无飞将，应是龙旗病入肓。

金山寺
2004·3

圣僧言中武穆绝，法海何要白娘灭？
凡尘空门善恶同，春到金山听戏说。

游个园
2004·3

屋檐金竹万千竿，天外飞来四季山。
曲洞幽林盘道上，凡身是否在仙间？

扬州二十四桥

2004 · 3

东风昨夜绿枝条,桃李芬芳冷气消。
二十四桥春意闹,湖堤月下又听箫。

夫子庙前

2006 · 3

酒绿客豪吧主忙,画船摇醒梦中郎。
秦淮河畔爷孙俩,正说六朝兴与亡。

登南京阅江楼

2006 · 3

有记无楼六百年,今朝矗立大江边。
九天鸟瞰东流水,但见龙腾万里烟。

金陵血泪

2006 · 3

白骨含悲尽断残,当年血海满尸山。

冤魂卅万齐声吼,不许东瀛历史删。

游永定土楼
2008.5

远祖曾经脚印留,后生未访总心忧。
今朝踏上寻根路,心事茫茫吻土楼。

登闽西冠豸山
2008.5

一群好斗老顽童,冒雨登山笑狗熊。
跃上寿亭回首望,惊身已在雾空中。

题世博园中国馆
2010.4

斗拱浦江岸,美称中国红。
九州今古韵,尽在画宫中。

题上海世博会
2010. 4

百花斗艳何知夏,万国争辉不觉秋。
盛世神州圆一梦,五洲宾客醉华楼。

注:步林从龙先生韵。

霞浦杨家溪漂流
2010. 9

竹篙轻点浪花开,两岸奇峰碧水来。
一曲畲歌千壑应,鱼翔鹰击自悠哉。

游上海世博园
2010. 10

灿烂星辰缀浦江,奇花异草竞芬芳。
海潮怎比人潮涌,到此地球无国疆。

井冈山赋（二首）
2011.2

百里井冈军号鸣，工农十万舞长缨。
悲歌曲曲惊天地，红色摇篮万里名。

长夜人间尽是冤，农奴以血荐轩辕。
井冈星火燎南北，山海永怀民族魂。

游灵山戏作（二首）
2011·3

三月桃花竞海棠，灵山菩萨也繁忙。
时人争上抱佛脚，哪管周邻言短长。

四时佛笑立风霜，夜静无人欲断肠。
心事重重何处诉，多羡人间快乐忙。

游云台山（二首）
2012.6

红石峡
暑天秋意重，栈道壁腰环。

人鸟云中对，鱼龙水底闲。

潭瀑峡
涧底听飞瀑，潭边看鸟鸣。
清泉洞何处，再向白云行。

游小浪底坝区
2012.6

船行无处不清波，遥望丰碑一放歌。
导妹若非频指点，眼前谁信是黄河。

太行山赋
2012.9

泉飞猴跃鸟歌还，百里千峰霄汉间。
到此方知山路险，归来犹在梦中攀。

题鹳雀楼

一曲名千古，危楼岁月迁。
登高多少杰，逐梦欲飞天。

绍兴游四首
2013.9

沈园
两阕《钗头凤》，千秋不了情。
园因伟人意，天下慕其名。

鲁迅故里
百草童真趣，悟通三昧神。
天生一支笔，专扫世间尘。

王羲之故里
戒珠知信善，题扇察民心。
一集兰亭序，圣光迷古今。

水乡风韵
乌篷月下摇，水上数天桥。
黄酒茴香豆，味今犹未消。

西湖杂咏（四首）
2013.10

曲院风荷
寻幽欲解暑愁容，闲步堤阴入画中。

应是西施知客到，清香频送又凉风。

苏堤春晓
桃红柳翠乱莺啼，水涧涵桥烟雨低。
春色满湖谁放棹，越歌一曲绕苏堤。

龙井问茶
日暖风篁云雾绕，层层岭树吐新芽。
寻香不计山途远，争问神州第一茶。

平湖秋月
月映澄波分外明，青螺仙阁镜中生。
舟移桂子香飘处，雁去卧听风叶声。

徽州四首
2013. 10

清懿堂
敬老贞忠德品高，悲歌壮曲至今豪。
徽商百载雄南北，应记家妻第一劳。

棠樾牌坊群
孝忠节义古难全，一脉家传代有贤。
试问匆匆往来客，有无缺德不差钱？

世界文化遗产宏村

万山深处一明珠，谁绘牛形水系图？
《卧虎藏龙》沾地气，当年争霸未曾输。

屯溪老街

雕门青瓦马头墙，月白灯红酒墨香。
万粹楼前人似海，争听一老说徽商。

访天一阁
2014.5

历劫犹存倍惜珍，藏书岂止值千金。
游人多赞林泉美，我独楼前思范钦。

东钱湖
2014.5

烟柳水光西子韵，太湖气势画船多。
翠堤占尽东钱色，原是分来小普陀。

日本游记（五首）
2015.7

鲲鹏一跃海空行，脚踩浮云百感生。

徐福当年多少泪，几人无奈到东瀛？

透亮遮篷无尽头，心斋桥店醉人眸。
摩肩尽是普通话，疑把本州当九州。

东大寺雄千古名，鹿群嬉戏似添情。
鉴真六渡留佳话，默向奈良思哲英。

日本人魂富士名，雨中五合细看铭。
当年喷火惊寰宇，但愿此山长不醒。

虹桥银座识繁华，靖国社中多暮鸦。
赎罪反思如有意，何须违宪弄新花。

游嵊泗列岛（六首）
2016.10

浪里飞龙渡我行，风机列队喜相迎。
谁将东海明珠撒，神化渔场天下名。

兴来一觉半天明，窗外青螺雾气蒸。
渔曲涛声催我早，随风追赶太阳升。

高低栈道海空悬，岩底风涛生紫烟。
一曲渔歌方气定，有人已到白云边。

登高四望水连空，隐约征帆搏浪中。
列岛星罗如卫士，初阳出浴脸绯红。

月滩沙细软如绵，海浪轻弹欢乐弦。
吹面不寒风里醉，浮生偷得几时鲜。

岛外汪洋不见边，浪花飞溅打鱼船。
世人只说渔家乐，那晓风涛就眼前。

西北游绝句（十二首）
2018.5

通湖草原
迎门哈达足真情，冲浪沙滩喜复惊。
兴尽忽愁无绿处，一丝春意草边生。

沙坡头
登上高台不见田，沙丘如海漫尘烟。
忽惊隐隐雷声处，滚滚黄河跃绿川。

青海湖
高湖如镜雪山明，谁记鱼雷原子城？
多少赤心甘为国，抛家铸剑总埋名。

塔尔寺
莲花山上钟鼓鸣，向佛初心一字诚。

教主乡根非俗地，几人膜拜跪千程？

兰　州
繁华丝路古非凡，今日辉煌更美谈。
正是黄河甜乳汁，无私孕出北江南。

月牙泉
鸣沙万里伴驼铃，古道时闻断雁声。
一自月牙天外落，总牵丝路玉关情。

莫高窟
空碛扬尘暗雪山，孤城幽洞泪斑斑。
古来丝路咽喉地，多少珍奇遗世间。

葡萄沟
火焰燎云阻雪山，坎儿井里水潺潺。
飘香瓜果三千里，一路逢人尽笑颜。

天山天池
五月飞花白了巅，瑶池圣水洗江天。
王母不知何处去，空留无数醉中仙。

沙漠脊梁
十分戈壁九分荒，千里难寻几马羊。
最是胡杨脊梁硬，风摧沙击不疏黄。

塞北新曲
遥望戈壁三千里,东去黄河跃万山。
塞外今朝已无憾,春风早度玉门关。

见火箭军拉练
祥云千里绕天山,遥见长城横峪关。
莫说多年无战事,神兵风雨未曾闲。

西施故里
2019.5

一代倾城出越溪,馆娃宫里见高低。
欲来解惑难凭据,唯听鹧鸪空自啼。

诸暨五泄
2019.5

幽谷山危脚不前,飞流五叠压云烟。
沉雷破雾知何处,无数游人在九天。

游恭王府
2019.8

清史兴衰府半藏,海棠诗会又名扬。

欣来千里寻京韵，未及深门已满筐。

登香山
1964. 5

和风拂面鸟低旋，游客登山竞比先。
遥指笑谈森玉笏，轻摸喜抱鬼愁巅。
西峰曼舞腾云雾，永定欢歌跃谷川。
回望雄关真似铁，京城一片艳阳天。

景山观色
1964. 10

突兀煤山闹市中，登高一睹故都容。
何来星汉浮宫阙，又见琼楼伴鼓钟。
大雁悠悠千里碧，秋风飒飒万山红。
凭栏醉品京城韵，遐想归来暮已浓。

访韶山
1966. 10

十月秋高满地红，狂飙卷我入湘中，
几间农舍光驱夜，六位先贤气贯虹。
天化韶山资领袖，地生沧海展英雄。

一从马列催龙醒，日照东方跃太空。

红岩村
1966.10

孤楼岩上傲霜风，虎穴龙潭独显红。
魔鬼冷枪伤义士，周公正气战奸雄。
为驱倭寇内存异，誓收金瓯外觅同。
抗战陪都今已故，同根遗憾各西东。

渣滓洞怀烈士
1966.10

森森如地狱，曾锁众贤英。
冷对阎王恶，全凭主义诚。
有心驱黑暗，无幸见光明。
革命征途险，深怀热泪盈。

八路军西安办事处有感
1966.11

小小一医院，原为地下红。
摇篮添血液，播火借东风。
国共谋联合，狼妖叹落空。

凭栏神秘地，何处觅英雄？

瞻延安
1966.11

延河东入海，宝塔耸苍穹。
抗战群英汇，争和百洞空。
导师传号令，黔首捣龙宫。
今日瞻圣地，怎忘前辈功。

游八达岭
1968.12

敌楼烽火半空悬，登上高台畏不前。
跃岭翻山腾万里，顶风冒雨阅千年。
关依叠嶂重重险，日照层云朵朵妍。
传说一堆多美丽，不攀好汉梦难圆。

与友登大雁塔
1969.11

浮图埋落雁，体态贯西东。
铃挂青天外，钟鸣故寺中。
临窗惊日近，俯首骇梯空。

欲赋杜陵曲，三秦忽暮笼。

过三峡
1974.1

危岩欲坠面飞来，游客惊呼伟壮哉。
萧瑟寒风苍木屹，咆哮江水壁门开。
云随神女含情舞，舟过陵滩任浪推。
峡尽豁然天地阔，渔村点点缀江隈。

望鄱阳湖
1987.7

石钟浪拍动雷声，遥望鄱湖镜面平。
白鹭悠悠迷湿渚，棹歌隐隐尽乡情。
风吹稻菽香千里，水润鱼虾富万城。
我欲乘舟穿雾去，忽听啼鸟唤归程。

游中岳庙
1989.4

春满神山下，遥望一点红。
寸天藏五岳，众柏蔽苍穹。
殿显皇家气，碑留墨客风。

凭栏怀古韵，不觉庙门空。

西湖秋行
1990.9

秋风送爽古朝都，雨霁斜晖染彩图。
叠叠秀峰羞翡翠，粼粼碧水黯明珠。
舟移桂岸人先醉，灵隐梵音山不孤。
都说天堂如画美，天堂怎比禹杭乎？

登滕王阁
1990.10

鲲鹏振翅气昂昂，重建名楼自李唐。
曲径北南通碧水，盘梯上下贯回廊。
赣江浪涌千帆竞，古会沧桑百业忙。
毓秀钟灵红色地，今朝更把美名扬。

瑶琳仙境
1991.9

富春江畔万山中，谁造人间第一宫？
玉柱高擎天欲坠，银河飞泻洞相通。
奇花珍兽仙姿异，桂殿金门气势雄。

出口频频回首望,归来犹叹自然工。

游重庆北温泉
1996.5

年年经北碚,今幸揽幽姿。
一水滔滔涌,九峰岌岌危。
泉温迷浴客,山静好吟诗。
夕照松涛起,依依醉步离。

重访杜甫草堂
1998.4

又到蓉城拜圣堂,竹松幽径溢清芳。
感怀常滴忧民泪,伤世长吟报国肠。
妙笔凌云光日月,飘篷听雨历风霜。
悲歌一曲犹充耳,寒士何时睡梦香?

隆中吟
1999.1

家破人亡痛,隆中卧草篷。
扛锄览群籍,抱膝看时风。
二表忠知遇,三分尽鞠躬。

可怜移汉祚，伊吕志成空。

登蓬莱阁
1999.8

华阁崔嵬立壁巅，临窗顿觉海空悬。
燕鸥搏击风烟里，舢艇穿行水浪间。
徐氏千童何不返，沧溟三岛怎登攀？
时人切莫寻方外，尘世蓬莱色更妍。

登华山
2000.8

华山奇险古来传，雅士骚人有墨篇。
一水飞流奔大海，三峰雄峙入青烟。
转盘擦耳苍穹坠，龙岭回头大地旋。
仰卧池干问曦日，人间谁敢胆包天？

张家界
2001.8

百里山光各不同，展开画卷万千重。
神工鬼斧冲天柱，日炙霜摧壁顶松。
来去浮云多变幻，阴晴碧水总从容。

玉皇若晓张家界，早弃霄宫到大庸。

贵州龙宫
2001.8

乘舟惊洞险，宫在水中漂。
蟹将迎宾客，蛟龙镇海潮。
千年岩上画，万世壁中雕。
梦醒空湖静，回头几折腰。

漓江游
2002.8

一叶轻舟荡翠峰，眼前丝雾耳边风。
清流银瀑云烟外，异洞奇山诗画中。
九马长嘶凌峭壁，七仙窃语下天宫。
无从借得马良笔，只共游人叹化工。

卢沟桥感怀
2003·3

重到平城日已昏，悲欣交集望危门。
滔滔永定波含泪，寂寂狮桥弹有痕。
可恨东邪学疯犬，怎忘碧血荐轩辕。

多情最是卢沟月,夜夜慰安民族魂。

游太姥山
2010. 9

云山新雨后,磁吸远游人。
一线流泉澈,千峰怪石嶙。
洞低频俯首,路窄再磨身。
绝顶通天阙,飘然恍若神。

谒中山陵
2011. 7

登上高台仰巨星,浩然正气肃堂盈。
誓除朽制舍小我,敢卷狂涛亡大清。
三策重燃兴国梦,百年犹听唤民声。
尧天憾看金瓯缺,骨肉何时再续情?

游太湖西洞庭岛
2012. 5

岛在烟波处,长桥次第连。
古村青嶂里,山寺白云边。
吴越不争霸,城乡试比妍。

应怜千顷水,共写振兴篇。

开封府杂咏
2012.6

人心自古敬清官,包拯威名世代传。
三口铡刀惊恶鬼,一身正气铸青天。
位高家立永廉训,权重囊无不义钱。
借问匆匆游宦客,几人无愧面英贤?

宁夏漫笔
2013.5

平畴蓝翠合,山险逼云天。
大漠惊回步,黄河默润川。
同心回汉梦,协力富宁篇。
塞上归来客,频夸五色妍。

刘公岛望思
2014.4

百载波涛涌,犹思甲午殇。
妖兴高丽难,海泣水师亡。
叶败缘根朽,瘤除为体强。

惊回巨狮醒，万里正巡航。

严子陵钓台
2014.4

桐庐多胜迹，千载钓台名。
情意汉龙重，仕途严子轻。
才雄遭鼠妒，气正恋鸥盟。
今看旧磐石，何人复钓耕？

丽水通济堰
2014.10

一坝名千古，今朝尚有光。
防洪妙分水，筑堰巧通航。
智睿蛟龙服，地灵珠宝藏。
桑榆圆旧梦，登岸细思望。

游兰亭
2018.1

山阴细雨发新篁，似听当年吟咏长。
三月群贤临曲水，千秋翰墨借流觞。
惠风习习鹅池碧，胜地幽幽古木香。

书圣不知何处去，亭前但见客成行。

大禹陵
2018.1

稽山笼紫气，翠柏傲苍穹。
万里疏洪水，千秋沐惠风。
开朝华夏固，立德世人崇。
翻看文明史，难忘化育功。

谒黄帝故里
2019·3

祥云有幸佑人间，一代轩辕开伟篇。
暴虐尽除凝众力，文明独创拓新天。
根同十亿气犹壮，年历五千瓯愈妍。
果是九州灵圣地，香花笑语满山川。

白居易故里
2019·3

灵气山河聚，诗魔代敬崇。
千秋长恨曲，四海卖炭翁。
名耀九天外，情留百姓中。

今看新郑地，颂雅蔚成风。

采桑子·都江堰
1988. 4

灌坛惊世都江堰，今古知名，远近知名，欣借东风乐此行。

孽龙驯服成天府，国也安宁，民也安宁，默立离堆怀李冰。

临江仙·牡丹江
1994. 8

练浸朝霞千嶂里，浪花迭锦风轻。蛟龙击水步闲庭。浣纱江岸女，嬉笑伴涛声。

遥想当年曾国破，抗联巾帼威名。冲天一跃虎狼惊。山河多壮美，把酒祭英灵。

破阵子·谒黄陵
1994. 10

沮水奔腾不息，桥山古柏长青。浩气祥云弥赤县，日月高天映帝城。中华始祖陵。

开创文明古国，冠留龙驾飞升。外患内忧魂不灭，万代千秋华夏名，同心话振兴。

减字木兰花·青岛
1999.8

浪平日丽，金色沙滩游客醉。碧海无边，点点轻舟没白烟。
观澜阁恋，一抹晚霞窗外染。回首凭栏，无数红楼葱郁间。

踏莎行·钱王陵
2001.2

貌异村夫，名垂史册。从军方显人中杰。恤民安国事中华，英雄一剑封吴越。

十四偏州，百年伟业。杭城自此天堂曰。陵前默默忆沧桑，后人多上凌烟阁。

唐多令·游张家界
2001.8

溪水意绵绵，奇峰比陡悬。驾清风、直上山巅。隐约云涛浮翠岛，天子貌，隔重帘。

暮色锁群峦，扶松抱月还。沐芬芳、百鸟争欢。试问陶都何处觅？人说在，武陵源。

南乡子·贵州苗寨
2001.8

　　山寨翠峰中,唢呐芦笙爆竹隆。牛角酒香甜美女,迎逢。恍若嫦娥下月宫。

　　主客乐融融,酸菜糍粑酒肉丰。苗妹相邀来醉舞,羞从。拦路山歌暮色浓。

忆秦娥·西溪湿地
2007.10

　　天堂缺,西溪重现明清月。明清月,渔村烟雨,鹭栖芦雪。

　　一年一度重阳节,秋风不减游人热。游人热,城中野趣,恋情难别。

浪淘沙·永定土楼
2008.5

　　千水万山间,青竹桥边。森严次第土楼连。八角方圆繁似锦,星月争妍。

　　两晋越千年,先祖南迁。客家自此代相传。风雨同舟生死共,往事如烟。

鹧鸪天·南京
2011.4

　　三月金陵翠欲流，奇葩争放缀华楼。金桥飞架通南北，万舸穿梭白鹭悠。

　　追昨史，鉴今眸。雄师横渡改春秋。古来兴废民忧乐，风展红旗壮九州。

江城子·访陆游纪念馆
2013.9

　　封侯自许入长安。渡楼船，走秦川。策马横刀，志壮气如天。朔风北望怀故国，平房策，定中原。

　　朝天无路尽云烟，夜空叹，醉长煎。老死江阴，正气尚凛然。喜愤悲忧倾笔底，千古调，至今传。

蝶恋花·西湖
2013.10

　　一说西湖情亦好。携友闲游，吟唱知多少？神秀低栏轻雾绕，明珠透绿溶溶耀。

　　三岛两堤堪绝妙。史迹星罗，啧啧惊倾倒。最是画船中月照，谈今说梦何烦恼？

南乡子·和辛弃疾登京口北固亭有怀
2013.11

雨霁独登楼，无限风光一望收。花满三山城透绿，人游。江上穿梭万里舟。

吴主悔荆州，垂暮稼轩国事忧。天下古今多少杰，风流。未枉人生几度秋。

鹧鸪天·缙云仙都
2014.11

九曲溪鸣薄雾笼，云天一柱鼎湖峰。陶都远隔凡尘外，蓬岛深藏绿海中。

游赤壁，赏芙蓉。轩辕祠内话腾龙。登高谈笑崎岖路，日出山花分外红。

渔家傲·嵊泗列岛观海
2016.10

万里惊涛连海雾，明珠璀璨东方聚。日暖风和帆竞渡。天涯处，霞光映照龙欢举。

和尚套岩犹自语，鉴真佳话流千古。遥想扶桑军国路，今未悟，鱼虾悲愤云天怒。

西江月·鸣沙山月牙泉
2018.5

五色尘沙鸣路,一瓢仙露盈池。长空归雁映斜晖,多少游人沉醉。
道古驼铃久远,天高春梦温柔。辉煌丝路又筹谋,吸引四方朋友。

05
第五篇
嘉禾寄情

南湖秋韵
1988.9

烟雨楼前水似天,朝晖脉脉护红船。
云蒸蓬岛留归雁,风送菱香客比肩。

范蠡湖怀古(二首)
2000.10

月下妆台粉淡香,依栏倾国对君详。
越王尝胆羞颜色,谁晓吴宫泪湿裳。

骄王兵败命将休,千古奇谋复国仇。
谁解贤公五湖隐,一泓碧水忆春秋。

访茅盾故居
2001.1

江南水乡明媚天,林家铺里忆先贤。
高山景仰霜红叶,一代文星灿百年。

咏南湖
2002. 7

江南烟雨孕明珠,岛色波光入画图。
一自红船星火起,人间格外敬南湖。

揽秀园
2003. 10

湖滨翠色影重重,千古碑廊曲径通。
与友常来寻史迹,深敲意境韵无穷。

过杭州湾跨海大桥
2008. 5

东海神仙架彩虹,天南地北一朝通。
乘风直上苍穹去,脚下蛟龙水雾中。

城南观风筝
2009. 5

鸿雁苍鹰斗碧天,金龙彩凤戏云边。

春光何故淹留恋？原是玩童一手牵。

运河三塔（二首）
2009.7

浓雾迷蒙午自消，玲珑三塔露华娇。
运河相伴名千载，多少废兴多少谣。

繁花云树影斑斑，三塔南临水一湾。
纤柱留痕帆不见，茶禅夕照独凭栏。

游月河（二首）
2009.7

石弄深深水抱城，小桥次第接廊棚。
门摊旧店忙淘宝，听鸟观花又一程。

闹市之中觅港湾，古街秀水隔尘寰。
多情最是桥头月，犹照游人不忍还。

梅湾街金九避难处
2009.7

一介书生义重山，舍身救客到梅湾。

小舟摇荡风波里，佳话长留两国间。

宜居城
2009.8

半生漂泊落嘉禾，缘是红船动地歌。
越韵吴风容四海，蓝天绿水梦祥和。

嘉兴人物八咏
2009.9

沈钧儒
牢底怎磨济世心，为争民主夜摸寻。
鸿儒不负山河托，开国长歌立俊林。

陈省身
为人处处求方正，治学一生唯慎勤
世界几何称泰斗，晚年犹恋故乡云。

朱生豪
贫病风摧坐小楼，笔生神韵死方休。
沙翁幸会知心友，东土遨游热泪流。

李叔同
尘缘一段尽风流，净入佛门陀作舟。

以戒为师宏律苦,悲欣交集意悠悠。

朱彝尊
水乡巧筑曝书亭,浙派词宗赫赫名。
醉酒江湖留雅韵,梅溪犹响棹歌声。

蒲华
一生潦倒尽讥声,淡墨疏枝独自行。
异草奇花时不识,后人慧眼更多情。

王会悟
水乡柔弱女儿身,却是开天幕后臣。
一叶红舟航九秩,有谁犹记舫头人?

徐志摩
曾在康桥追日月,无穷回味是情诗。
悄悄来到悄悄去,谁解文星一片痴?

园丁乐(在嘉兴学院)(二首)
2010.5

重回圣地学园丁,鹤发童心喜苗青。
可惜风云常不测,护花岂是步闲庭。

五载风霜护园林,芬芳桃李觅知音。
多情应谢南湖水,恰似甘泉润我心。

桐乡菊花节感赋（二首）
2010. 10

万顷银波映日光，秋风不尽送芬芳。
凤凰栖遍江南树，才信梧桐是菊乡。

兴来喜把菊茶尝，沁入心脾淡淡香。
月下千吟犹未尽，眼前忽化九秋霜。

运河西施学绣塔（二首）
2010. 10

寒风萧瑟刺孤楼，绣女凭窗泪湿钩。
前路茫茫多虎穴，何时重见故园秋？

往事如烟不可收，遥看绣塔枕寒流。
一从西子学针后，越女灵姿誉九州。

守望家园篇（五首）
2010. 10

风卷尘沙掩绿洲，江湖悲泣臭成沟。
天倾地裂非虚诞，碌碌众生谁不忧？

丹心一片献微躯，大肚能消百毒污。
可惜主人虚摆设，夜深浊水泛江湖。

贪婪人类自难收，上帝时惩何处头？
但愿世间多诺亚，五湖四海尽方舟。

发展生存两不离，自然规律莫相违。
林田山水同为体，一损谁来供饭衣。

拯救家园责不轻，若非铁治自难行。
爱山护水净环境，免得身后遭骂名。

忧水篇（四首）
2010.10

自古江南鱼美乡，山湖秀美好风光。
金娃怀抱惊回首，却为生存叹水荒。

曾经油毒泛江流，今喜污源一网收。
却看时漂红白黑，碧波难再使人愁。

一船一网度春秋，涉水穿桥汗直流。
捞尽污渣舒一笑，弃物人知羞不羞？

一丝一滴润千家，无尔蓝球瞬变沙。

南北水荒非戏语，谁言节用是钱差？

红船吟（二首）
2011.2

南湖水上一红舟，破浪扬帆九十秋。
承载先贤创新宇，今朝又见立潮头。

南湖有幸载舟行，冬去春来又一程。
碧水红船休戚共，悠悠岁月两真情。

凤桥看桃花
2011.4

春光占尽是桃花，一览芳菲面染霞。
细数枝丫多少朵，初阳直伴到西斜。

春游凤桥石佛寺（二首）
2011.4

欣闻古寺换新颜，览胜东风已着先。
梵韵引来几骚客，争奇花下斗诗篇。

两爿桥头石佛雄，菩提千载屹茏葱。

禅音缭绕人如织，院内桃花比夕红。

游嘉兴铁哥创意园
2011.5

三教九流齐上台，兽禽花草笑相陪。
忽然梦醒惊回首，但见铁哥昂首来。

"红船行，看发展"感怀
2011

当年湖水起风雷，今日奇花遍地开。
我借红舟偕友看，诗情犹似涌泉来。

莫氏庄园
2011.6

衔山临水势巍巍，藏在江南世所稀。
补吏不知何处去？艺人乐此斗芳菲。

瞻嘉兴辛亥革命纪念塔（二首）
2011. 7

先贤救世气昂来，沧海难填志不摧。
宁怨腥风残谢早，誓将血雨荡尘埃。

生于末世乾坤动，七子救民堪折腰。
自古嘉禾多义士，总将忧患铁肩挑。

长虹桥赋
2012. 10

一道飞虹映绿波，稻香菱熟醉嘉禾。
多情唯有桥墩石，犹唱当年漕运歌。

西塘杂咏（二首）
2012. 10

老店古街连拱桥，清流垂柳画船摇。
欲穷小镇江南韵，犹似新娘总面绡。

鱼香蟹美酒旗飘，满目琳琅客似潮。
一览西塘神秀色，包沉谁计路归遥？

曝书亭
2012. 10

幽径曲栏池水清,轩前犹有曝书声。
词宗一代芳千古,百首棹歌多少情。

喜赋禾城第一温泉
2013. 5

一脉温泉泛暗香,溯源万古历沧桑。
莫非天地知人意,助力禾民奔小康。

过嘉绍大桥(二首)
2013. 9

两地隔涛年复年,江南风韵各争妍。
自从堑上飞龙起,一任游人看变迁。

斜拉危塔绕云烟,一道长虹海口悬。
滚滚钱潮收眼底,豪情撒落满诗笺。

再游南湖
2013.9

波明岛绿映红霞,白鹭偷闲戏浪花。
莫道南湖清水浅,轻舟一叶救中华。

嘉兴抗战感赋(二首)
2015.5

写在日寇平湖登陆处
恶狼血爪扑平湖,义愤孤军不惜躯。
抗战越中从此起,竟无一卒是熊夫。

枕戈待旦
靖国社中妖未收,痴心妄想改春秋。
红船自有回天力,钓岛岂容倭再谋?

嘉善览胜(四首)
2015.6

云澜湾温泉区
黄莺唱出艳阳天,翁媪欣欣不记年。
试问养生何处是,温泉小镇水云边。

波明柳绿异花香，一脉温泉醉梦长。
若是贵妃今尚在，定当迷恋此天堂？

碧云花园
百花仙聚露华浓，畦陌绿柔瓜果红。
田妇带香勤指点，一群老朽似还童。

园色湖光醉蝶蜂，鸳鸯对对展娇容。
夕阳不肯西归去，犹恋田庄自在农。

春夜游乌镇西栅（二首）
2016·3

次第亭台古作坊，摩肩串巷品琳琅。
波揉月影星扶塔，不是仙乡是水乡。

暮色临街灯影摇，朦胧楼阁透箫韶。
数声柔橹惊鸳梦，船过银河第几桥？

红船筑梦歌（六首）
2017.6

启航
夜雨南湖起海潮，浩歌击楫入云霄。
一舟满载兴华梦，聚力扬帆不畏遥。

破浪

敢起南昌动地雷，井冈星火卷旗来。
农奴奋举开天斧，霸主惊哀灭顶灾。

转折

风摧浪击路途迷，革命航船几度危。
遵义城头归舵手，夜深谈笑写传奇。

天亮

八载驱倭血未冲，卫民被迫又弯弓。
东方日出三山倒，喜见江天一片红。

奠基

清除残壁起新楼，四化时遭内外忧。
一棹荡开礁浪险，乘风巨舰不回头。

腾飞

自信征途可九天，初心不变是红船。
千帆竞逐龙欢举，双百年来说梦圆。

嘉兴杂咏（九首）
2017.12

西施妆台

碧水绕寒林，妆台阅古今。

匆匆裙履过，谁解美人心？

狮子汇渡口"一大"代表群雕
不忍山河破，寻真挺脊梁。
当年同一渡，华夏换红装。

子城
谯楼风雨立，斑驳史留痕。
神秘府衙地，嘉禾千载魂。

瓶山八咏亭
古人留雅韵，大美识嘉禾。
来客若相问，今朝景更多。

南北湖
玲珑似西子，奇幻比蓬莱。
山海湖一色，不知谁细裁？

海宁潮
钱塘风雨急，白马卷涛来。
伍相怨难息，江花岁岁开。

丁酉金秋南湖
画舸记初心，擎旗觉担沉。
玉言山海应，领袖意何深！

绮园
古木藏幽径，小桥绿水中。
莫非仙造化，恋煞老顽童。

乍浦港
中山意未酬，盛世主人谋。
大港一朝立，巨轮通五洲。

游秀湖
2018·3

蜗居人造秀湖东，半是书虫半网虫。
忽见新堤花柳色，悔初不早作游翁。

梅湾街赏梅
2018·3

为痴临水一枝梅，未约东风独自来。
最是蜜蜂知客意，携香共我久徘徊。

石臼漾湿地
2018·3

湖滩草树绿无边，候鸟游鱼自在眠。

幽径清风香不散,西来浊水忽成泉。

南湖漫步
2018.4

开心莫过步南湖,琼岛楼船韵自殊。
会景园中闲览胜,欲穷春色上浮屠。

运河长虹桥
2018.5

桥石痕留漕运歌,雄姿依旧立嘉禾。
滔滔细数沧桑事,不及今朝民乐多。

悼大侠金庸
2018.10

笔底江湖家国挑,柔情总恋故乡潮。
一场大闹悄然去,天下无人再射雕。

戊戌看嘉禾(六首)

湖载红舟万里行,又迎掌舵最高层。

初心不变为一梦,使命总关民族兴。

古韵又添开放声,互联网会再扬名。
年年四海来论道,乌镇旗书世界城。

一度机鸣污水流,腰包鼓了又添愁。
十年重上运河道,醉美新城立秀洲。

城郊非复旧三农,现代田园淡淡风。
花果鲜蔬犹带露,游人谈笑画船中。

长治平安人际融,文明创建满堂红。
花香水绿江南地,谁慕神仙住碧宫?

筑巢大写有情篇,金凤纷来不忍还。
一夜春风拂禾地,千家百业换新颜。

八月十八日海宁观潮
1995.9

遥看沉沉一练来,忽惊脚底海门开。
狂飙倒卷千堆雪,激浪频生万壑雷。
地动鱼龙追白马,天摇日月暗高台。
钱王何必亲擎弩,应挟风潮荡浊埃。

登烟雨楼
1997.4

绿岛登华阁,湖光一望收。
春风拂菱水,细雨洒芳洲。
白鹭飞天去,恋人挥棹游。
忽闻歌一曲,万目注红舟。

禾城端午祭
2009.5

水流花谢又重午,越角吴根鼓乐融。
祭祖无忘歌盛世,竞舟有意逐豪雄。
艾蒲祈福家家乐,粽果飘香处处丰。
屈子申胥当可慰,忧民忧国万年崇。

端午南湖观竞渡
2009.5

翠鸟低悠啭,湖堤尽彩妆。
疾风掀雪浪,急鼓竞龙王。
一舸鸣飞出,万人喧息望。
归来犹品味,梦觉更神狂。

在陈省身铜像前
2009. 9

每自大师铜像过,如钟告诫莫蹉跎。
胸怀坦荡淡名利,学界辉煌独几何。
功耀星天称泰斗,耆弘教育寄乡禾。
箴言八字杏坛训,更待新人唱凯歌。

登壕股塔
2010. 10

重修佛塔耸湖滨,登上高台气象新。
琼阁引来天下凤,风铃抖落耳边尘。
四方翠树浮华宇,一碟青螺缀白银。
乘兴欲邀宾共舞,夕阳不让畅游人。

红船颂
2011. 1

一曲浩歌星火燃,南湖风雨启航船。
镰锤醒世三山倒,马列兴邦百姓牵。
航正扬眉迎舜日,国昌回首仰先贤。
忽听号角催征旅,又挂云帆破浪前。

南湖遐思
2012. 10

朝暾影树动浮光,菱熟鱼肥溢稻香。
有幸银河分一脉,无穷甘露润千乡。
曾燃星火催狮醒,又起风帆破浪航。
绿水红舟同一体,世人纷至仰思望。

和浴宇除夕感怀韵
2013. 2

今夕是何夕?欢杯送旧年。
人歌彩屏里,雪舞晓窗前。
草贱春又绿,身衰心自妍。
甜思中国梦,或可后生捐?

石臼漾湿地公园
2013. 4

湖塘漠漠秀城西,水草连天白鹭栖。
蝶逐花间伴蜂舞,鱼翔芦缝逗莺啼。
野翁寻静常偷眼,少女逢春总露脐。
有幸城中生绿肺,人间污浊化清溪。

晓步
2014. 10

漫步运河道，西风拂柳条。
绿知污水治，红见晓霞烧。
气爽怜秋日，霜严壮早苗。
忽惊栖鹭起，车闹过虹桥。

夜步
2014. 10

清风湖面起，玉露草边生。
月逗未栖鸟，波摇不夜城。
无杯十分醉，有梦百钧轻。
莫问今何夕，哼歌又一程。

野步
2014. 10

悠悠野兴步南阡，啼鸟斜阳带笑颜。
隔岸稻香风细细，绕村桑碧水潺潺。
新花无意三分闹，老树多情独自闲。
忽忆故乡童梦趣，浑忘异客鬓毛斑。

在嘉善抗战纪念碑前
2015

鏖战驱倭迹已陈，悲歌七日记犹新。
恶狼扑岸犯天地，壮士抛颅泣鬼神。
血雨更催民族奋，寇窝何见黑风沦。
冷看小丑张牙舞，龙举东方万木春。

桐乡菊花咏
2015.10

陌上金风和凤鸣，蓝天雪浪涌桐城。
瘦身最解知音语，青史犹留傲世名。
一品余香心欲醉，千吟浅露月分明。
绝尘哪计姓杭白，无悔乡根无限情。

乌镇
2015.12

街古流诗韵，河清洗眼明。
悠悠文化镇，暖暖水乡情。
会驻互联网，旗扬世界城。
天时催胜地，春闹凤争鸣。

初夏游王店
2017. 5

胜日阳和薄雾笼，梅枝竹杪挂东风。
曝书亭下人怀古，聚宝湾前鸟击空。
露滴瓜垂园菜绿，舟移鱼逗石榴红。
谁知小镇文创地，一度栖禽羞入蓬。

注：三镇联创指创建全国文明卫生园林镇。

和常成顺先生白莲韵
2017. 7

薄暮朦胧水一方，骚人何事费评章？
暗香盈袖溶溶月，国色倾城淡淡妆。
尘世浊污人易老，瑶池清静梦悠长。
风摇露滴炎炎夏，韵致天然自不狂。

因故缺席迎新会寄于能会长
2017. 12

隋唐雅聚暖阳生，送旧迎新喜庆盈。
清茗一杯抒笃志，骚朋满座寄豪情。

强愁非是诗家境,真语方留春鸟声。

大好机缘今错过,吟坛赖弟再扬旌。

运河落帆亭抒怀
2018.5

似见千帆过,依稀漕运声。

乱红迷古渡,柔绿抱禾城。

惯听摇篮曲,难酬哺乳情。

欣看好儿女,追梦赴新程。

运河春行
2018.5

风嬉花柳我低吟,河接天堂变古今。

鸟带朝晖忙底事?鱼追春色乱穿林。

长虹桥韵今犹在,分水墩踪何处寻?

回首嘉禾无限意,流长人杰满城金。

与友游莲泗荡
2018.6

驱车幽静地,秀色洗尘愁。

白鹭天边舞,红鳞水面浮。

清新知菡萏,淡泊聚诗俦。
耄耋忘机客,归来兴未休。

望杭州湾跨海大桥
2018.8

眺望胸荡激,身若在银河。
鹰击钱塘雨,虹飞东海波。
轻车霄汉过,碧浪世人磨。
梦醒惊奇迹,清风和凯歌。

吴越国界桥
2018.8

小桥分两国,拂石认春秋。
无义干戈痛,有家离乱愁。
星移花照发,海纳水长流。
今幸逢尧日,春风得意讴。

马家浜文化遗址
2018.8

寂寂先民路,蒹葭掩古墩。
耕播稻为证,渔猎器留痕。

浙北水乡地，江南文化源。
遥思七千载，欲祭已忘言。

石佛寺
2018. 8

梅州藏古刹，石佛笑清风。
僧鬓禅中白，桃花水底红。
不知何为色，休问世皆空。
碌碌一尘客，无邪理自通。

三塔绿道
2018. 9

运河游乐处，花草路边生。
不见漕船过，但闻春鸟鸣。
石坊留古意，禅塔卫新城。
青翠无穷尽，天天不厌行。

西南湖
2018. 9

湖瘦波澄碧，城民一港湾。
鹤翔蒲苇上，虹落水云间。

高柳蝉断续，清风舟去还。
环游兴难尽，自笑老来闲。

游王店聚宝湾
2018.10

追红逐绿到农家，树上黄莺叶底瓜。
一水七湾天外有，四园千客画中夸。
酒醒梅阁闻船曲，月碎清波醉晚霞。
归路依依回首望，乐花朵朵变诗花。

秦山核电基地
2018.10

曾负始皇巡海边，秦山千载自愁眠。
若无昨日春风度，怎有今朝核梦圆。
强电频频送南北，翠园静静绝尘烟。
是谁改写能源史，但看钱潮滚滚前。

胥山怀古
2018.10

伍相声名垂后世，胥山故事半消磨。
经纶曾建惊天业，泪血空留动地歌。

无水千秋浇块垒，多情五日有嘉禾。
纷传角黍龙舟事，缘祭涛神和汨罗。

浙江八八战略吟（二首）
2018.11

十五年来总领纲，红船圣地起沧桑。
征程艰险一旗引，举措精明众志昂。
山海互联通世界，城乡同庆换新装。
吟家好句知多少，难写全民奔小康。

兰图绘就起行舟，今看城乡处处幽。
水绿花香运河道，风清气正小区楼。
农家乐里扬眉笑，产业园中硕果收。
莫道当年追梦苦，安康福外更何求？

岳王祠
2018.12

嘉禾自古敬英雄，重建岳祠三塔东。
报国无门莫须有，精忠抬眼壮怀空。
苍松傲立遭霜雪，恶竹卑躬煽鬼风。
翠柏森森芳草绿，几人犹记满江红。

赠徐志平老师
2019. 5

每读先生解惑文，顿开茅塞长精神。
轻歌曲曲能明理，妙语连连尤可亲。
博学甘当铺路石，辛劳无悔育苗人。
清芬羞煞凌霄木，最仰高山不占春。

贺嘉兴老年大学诗研会成立廿五周年
2019. 6

栉风沐雨雁归程，枯木逢春绿又生。
国粹弘扬传大雅，南湖吟唱寄豪情。
吐芳不为三分地，铺采何求一世名。
莫道桑榆无好景，夕阳正伴鸟欢鸣。

水调歌头·夜游嘉兴环城运河
2010. 8

　　日暮和风柳，银练绕禾城。星空斜月辉坠，云树几蝉鸣。一路穿虹荡玉，两岸流光溢彩，客醉笑声盈。起舞瑶台上，隐隐棹歌声。
　　春秋溯，隋唐贯，古来兴。通衢南北，丝缎稻菽誉杭京。舳舸杉青帆落，塔送茶禅夕照，谁不恋其名。西子若安在，定解运河情。

鹧鸪天·英雄园
2011. 2

辟地开天一路辛,悲歌浩曲振精神。镰锤指引光明道,多少先贤誓献身。

千舸竞,万园春。神州崛起小康奔。蓦然回首潸然泪,谁慰英灵寂寞心。

江城子·蠡湖中秋赏月
2011. 9

清凉万里碧空悬,似冰盘,泻微寒。起舞姮娥,今夜独无眠。翦翦天风香玉桂,天地隔,盼团圆。

艺人骚客尽开颜,蠡湖边,绮窗前。流水高山,醉句度云端。露滴欲归犹未忍,能几有,共婵娟。

水龙吟·登烟雨楼
2011. 10

东南文化名城,天高气爽斜阳里。登临远目,运河似练,华楼栉比。百顷南湖,水光潋滟,菱香飘桂。翠浦闲鸥鹭,淡云雁字,秋无际,游人醉。

岛泊轻舟一叶。想当年,浩歌舱起。精英问道,亲燃圣火,开天辟地。岁月沧桑,嘉禾更丽,湖名青史。看今朝客聚红源处处,笑谈长治。

浣溪沙·诗会
2013.4

壮树枯藤竞吐芽,和阳一缕照馨家。雏莺决眦乐天涯。
陌上行吟三万里,庭前赏品一千花。骚人说梦寄中华。

鹧鸪天·次韵和浴宇兄
2014.2

昂首长嘶草木春,追风逐电拂青云。一从买骨千金意,便有成疆百战勋。
心善美,品高纯。今朝又虑海之门。夜深伏枥常甜梦,得得蹄声伴夕曛。

鹧鸪天·游南湖感治水
2014.5

万绿千蓝衬塔楼,莺啼鱼跃不知愁。风摇岛岸桥边柳,人戏澄湖水上舟。
追往事,治污流。清淤拆改浊源收。山河重整人心共,今胜蓬瀛万客游。

千秋岁·党九十五华诞瞻仰南湖红船作
2016.6

南湖贤杰,寻梦红船发。万里浪,千回折。夜沉星斗耀,旗赤先驱血。惊喜泪,东方破晓天狼灭。

龙举人心切,圆梦中枢决。中国路,民传接。暴风舟共济,前进谁能遏?抬望眼,云帆扬处通玄阙。

青玉案·中国江南网船会
2018.5

水乡庙会谁曾睹?四方客、千舟聚。流淌运河民俗趣。祭神祈福,白船催鼓,街演龙狮舞。

走亲访友欢欣语,美食鲜花暗香度。风拂新荷莲泗暮。恼人尘事,断肠文句,化作流星雨。

南歌子·和于能会长迎新茶话会
2018.12

帘外西风急,堂中暖意浓。禾城骚友乐相逢。笑语天南地北、赞东风。

旧岁欢歌去,新年喜气笼。小康路上鼓声隆。一任惊涛骇浪、自从容。

唐多令·嘉兴老年大学建校三十周年
2019.5

　　花树映黉门，忘机鸥鹭勤。忆年年、送旧迎新。多少桑榆多少乐，三十载，感师恩。

　　泼墨画诗文，琴歌伴舞神。数风流、倾倒儿孙。一自西园逢雨露，枯瘦木，又回春。